Christopher Paul Curtis
Die Watsons fahren nach Birmingham – 1963

Christopher Paul Curtis

Die Watsons fahren nach Birmingham
— 1963 —

Aus dem Amerikanischen
von Gabriele Haefs

CARLSEN

Dieses Buch widme ich meinen Eltern, Dr. Herman und Leslie Lewis Curtis, die ihren Kindern Wurzeln und Flügel gegeben und uns zum Fliegen ermutigt haben; meiner Schwester, Cydney Eleanor Curtis, die immer zuverlässig sie selber ist: hilfsbereit und lieb; und vor allem meiner Frau, Kaysandra Anne Sookram Curtis, die mir Liebe und Wärme gibt und es mir damit ermöglicht, zu lachen, zu wachsen und vor allem: zu träumen.

1. Auflage 1996
Alle deutschen Rechte bei Carlsen Verlag GmbH, Hamburg 1996
Copyright © by Christopher Paul Curtis 1995. All rights reserved.
First published in the USA by Bantam Doubleday Dell, 1995 under the title THE WATSONS GO TO BIRMINGHAM – 1963
Umschlag: Wolf Erlbruch
Satz: H & G Herstellung GmbH, Hamburg
Gesetzt aus der Garamond
Druck und Bindung: Pustet, Regensburg
ISBN 3-551-58007-3
Printed in Germany

Zum Gedenken an

Addie Mae Collins
18.4.49 − 15.9.63

Denise McNair
17.11.51 − 15.9.63

Carole Robertson
24.4.49 − 15.9.63

Cynthia Wesley
30.4.49 − 15.9.63

Der Preis für einen Tag in einer Stadt

*Und dann fragt ihr noch,
warum wir die »komischen Watsons«
genannt werden!*

Es war an einem von diesen superspitzenkalten Samstagen. Einem von denen, wo der Atem wie eine dicke Rauchwolke in der Luft hängt, wenn man ausatmet, und wo man beim Gehen aussieht wie ein Zug, der riesige fette weiße Rauchschwaden ausstößt.
Es war so kalt, daß die Augen sicher automatisch tausendmal ganz von selber gezwinkert hätten, wenn man blöd genug gewesen wäre, um aus dem Haus zu gehen, wahrscheinlich, damit der Saft in den Pupillen nicht gefriert. Es war so kalt, daß beim Spucken der Speichel als Eiswürfel auf dem Boden ankam. Es waren so ungefähr hundertachtundfünfzig Millionen Grad unter Null.
Sogar in unserem Haus war es kalt. Wir zogen Pullover und Mützen und Schals und drei Paar Socken an und froren immer noch. Der Thermostat war ganz weit hochgedreht, und der Heizkessel dröhnte und schien in die Luft hüpfen zu wollen, trotzdem hatten wir das Gefühl, der Winter höchstpersönlich sei bei uns eingezogen.
Meine ganze Familie kuschelte sich auf dem Sofa unter einer Decke aneinander. Dad meinte, das würde ein bißchen Wärme erzeugen, aber das brauchte er uns nicht zu erzählen, die Kälte ließ uns schon ganz von selber näher zueinander rücken.

Meine kleine Schwester Joetta saß in der Mitte, und wir konnten nur ihre Augen sehen, weil sie sich einen Schal um den Kopf gewickelt hatte. Ich saß neben ihr, und am Rand saß dann meine Mutter.
Momma war die einzige von uns, die nicht in Flint geboren war, deshalb fand sie die Kälte am kältesten. Auch von ihr waren nur die Augen zu sehen, und sie funkelten Dad wütend an. Sie machte ihm immer Vorwürfe, weil er sie den ganzen Weg von Alabama nach Michigan gelockt hat, in einen Staat, den sie als Riesenkühlschrank bezeichnete. Dad kuschelte sich auf der anderen Seite an Joey und versuchte überall hinzusehen, nur nicht zu Momma. Neben Dad, ein kleines Stückchen von ihm entfernt, saß mein älterer Bruder, Byron.
Byron war gerade dreizehn geworden, deshalb fiel er jetzt offiziell unters Jugendstrafrecht und fand es überhaupt nicht toll, sich von irgend jemandem oder irgend etwas berühren zu lassen, selbst, wenn er deshalb erfrieren mußte. Byron hatte die Decke zwischen sich und Dad in die Sofaritzen gestopft, um ganz sicherzugehen, daß ihm niemand zu nahe kommen konnte.
Dad schaltete den Fernseher ein, um uns auf andere Gedanken zu bringen, aber das verschaffte ihm nur neuen Ärger. Im Channel 12 gab es eine Sondersendung über das schlechte Wetter, und Dad stöhnte, als der Typ sagte: »Wenn Sie es jetzt kalt finden, dann warten Sie doch mal bis heute nacht, wenn die Temperatur vermutlich in Rekordtiefe absacken und gegen zwanzig Grad minus erreichen wird! In den nächsten vier, fünf Tagen werden wir überhaupt nichts über Null sehen, wenn wir aufs Thermometer schauen!« Er lächelte, als er das sagte, aber bei der Familie Watson fand es niemand komisch. Wir alle sahen Dad an. Er schüttelte einfach nur den Kopf und zog sich die Decke über die Augen.
Dann sagte der Fernsehheini: »Und jetzt kommt etwas, das

uns hoffentlich in bessere Stimmung versetzt und uns für die Zukunft hoffen läßt: Die Temperatur in Atlanta, Georgia, wird steigen, vermutlich bis ... « Dad hustete laut und sprang auf, um den Fernseher auszuschalten, aber wir alle hörten den Wettermenschen sagen: »Fünfundsiebzig Grad!« Der Typ hätte Dad auch an einen Baum binden und sagen können: »Achtung, fertig, Feuer!«

»Atlanta!« sagte Momma. »Das ist hundertfünfzig Meilen von zu Hause entfernt.«

»Wilona ...«, sagte Dad.

»Ich hab's gewußt«, sagte Momma. »Ich hab ja gewußt, ich hätte auf Moses Henderson hören sollen!«

»Auf wen?« fragte ich.

Dad sagte: »O Gott, nicht schon wieder diese öde Geschichte. Du mußt mich erzählen lassen, was mit dem passiert ist.«

Momma sagte: »Viel gibt's da gar nicht zu erzählen, nur eine Geschichte über ein junges Mädchen, das die falsche Entscheidung getroffen hat. Aber wenn du sie unbedingt erzählen willst, dann halt dich ja an die Tatsachen!«

Wir alle kuschelten uns so dicht aneinander wie möglich, weil wir wußten, daß Dad eine wilde Geschichte bringen würde, um uns die Kälte vergessen zu lassen. Joey und ich grinsten gleich los, nur Byron versuchte, cool und gelangweilt auszusehen.

»Kinder«, sagte Dad. »Fast wäre ich nicht euer Vater geworden. Ihr hättet euch als Vater um ein Haar einen Clown namens Schnitzel Henderson eingefangen ...«

»Daniel Watson, hör sofort auf. Du hast schließlich mit diesem Schnitzel-Unfug angefangen. Vorher hat alle Welt ihn mit seinem Taufnamen angeredet, mit Moses. Und er war ein sehr anständiger Junge und überhaupt kein Clown.«

»Aber der Name ist hängengeblieben, oder etwa nicht? Schnitzel Henderson. Euer Großvater und ich haben ihn so

genannt, weil sein Kopf geformt war wie ein Schnitzel, außerdem hatte er mehr Knoten und Beulen am Kopf als ein Dinosaurier. Also, statt hier zu sitzen und mich böse anzustarren, weil es draußen ein bißchen kühl ist, solltet ihr euch lieber fragen, ob es besser wäre, wenn ihr euer Leben lang als ›die Schnitzelchen‹ herumlaufen müßtet.«
Joey und ich prusteten los. Byron kicherte, und Momma hielt sich die Hand vor den Mund. Das tat sie immer, wenn sie lächeln mußte, denn sie hatte eine dicke Lücke zwischen den Vorderzähnen. Wenn Momma etwas witzig fand, versuchte sie zuerst, die Lippen aufeinander zu pressen, um die Lücke zu verstecken, aber wenn das Lächeln sich nicht unterdrücken ließ, war die Lücke doch eine Sekunde lang zu sehen. Dann hielt Momma schnell die Hand davor und gackerte los.
Wenn jemand lachte, fühlte Dad sich bloß ermutigt, noch mehr Geschichten zu bringen, und als er jetzt die ganze Familie losprusten sah, zog er erst richtig die Show ab.
Er stellte sich vor den Fernseher. »Jawoll, Schnitzel Henderson hat eurer Mutter fast gleichzeitig mit mir einen Heiratsantrag gemacht. Und er hat dabei zu miesen Tricks gegriffen, hat eurer Mutter einen Haufen Lügen über mich erzählt, und als sie ihm nicht glauben wollte, hat er ihr lauter Gemeinheiten über Flint aufgetischt.«
Dad redete jetzt mit südlichem Akzent und äffte diesen Schnitzelheini nach. »Wilona, ich hab über das Wetter da oben in Flint so einiges gehört, hab gehört, es ist da kälter als in einem Kühlschrank. Hab da auch 'nen Film drüber gesehen, der war in Flint gedreht, glaub ich. *Nanuk der Eskimo* hieß der Film. Jawoll, ganz sicher, der war aus Flint, ja, ja, Flint, Michigan. Die Leute da oben wohnen in so Dingern, die nennen sie Iglus. Und wenn der Film recht hat, dann wohnen da oben in Flint fast nur Chinesen. Ich glaub, in der ganzen doofen Stadt hab ich keinen einen Schwarzen gesehen. Du bist doch aus

'bama, Mädel, ich glaub's einfach nicht, daß du gern in einem Iglu wohnen würdest. Ich hab ja nix gegen die, aber du würdest auch nicht gern mit einem Haufen Chinesen zusammenwohnen. Und das Essen würdest du auch nicht mögen. In dem Film haben diese Chinesen nur Wal und Seehund gegessen. Ich glaub ja nicht, daß Walfleisch dir schmecken würde. Schmeckt überhaupt ganz anders als Brathähnchen. Schmeckt auch ganz anders als Schwein.«
Momma ließ die Hand sinken. »Daniel Watson, was bist du für ein Lügner! Das einzig Wahre, was du gesagt hast, ist, daß es in Flint so kalt ist wie in einem Iglu. Ich weiß, ich hätte auf Moses hören sollen. Vielleicht wären die Kinder mit klumpigen Köpfen geboren worden, aber das wären dann wenigstens *warme* klumpige Köpfe gewesen! Du weißt, daß man in Birmingham gut leben kann, und jetzt rede ich nicht nur vom Wetter. Es herrscht nicht so eine Hektik, die Leute sind netter …«
»Aber klar«, fiel Dad ihr ins Wort. »Da unten lachen sie einmal pro Minute. Mal nachdenken, wo war doch noch gleich diese Toilette ›Nur für Farbige‹ in der Stadt?«
»Daniel, du weißt, was ich meine, es ist nicht alles perfekt, aber die Leute sagen ehrlicher, wie ihnen zu Mute ist« — sie wandte ihren wütenden Blick von Dad ab und richtete ihn auf Byron —, »und außerdem haben sie dort Respekt vor ihren Eltern.«
Byron verdrehte die Augen, als wäre ihm das doch egal. Er stopfte die Decke noch tiefer in den Spalt zwischen den Sofapolstern.
Dad gefiel die Richtung nicht, die die Unterhaltung da einschlug, und deshalb rief er zum hundertsten Mal den Vermieter an. Bei dem war noch immer besetzt.
»Diese miese Schlange hat den Hörer danebengelegt. Naja, heute nacht wird es so kalt, daß wir nicht hierbleiben können. Ich ruf mal Cydney an. Sie hat doch gerade einen neuen Heiz-

kessel einbauen lassen, vielleicht können wir bei ihr übernachten.« Tante Cydney konnte ganz schön fies sein, aber ihr Haus war immer warm, und deshalb drückten wir Däumchen und hofften, daß sie zu Hause war.

Alle, sogar Byron, jubelten, als Dad Tante Cydney erreichte und sie sagte, wir sollten ganz schnell kommen, ehe wir hier erfroren.

Dad ging aus dem Haus und versuchte, den Braunen Bomber anzulassen. So nannten wir unser altes Auto. Es war ein 1948er Plymouth, dunkelbraun und riesig groß, Byron bezeichnete die Farbe als »Kackbraun«. Onkel Bud hatte Dad das Auto geschenkt, als es dreizehn Jahre alt war, und wir hatten es jetzt seit zwei Jahren. Dad und ich kümmerten uns sehr gut darum, aber im Winter wollte es manchmal einfach nicht anspringen.

Fünf Minuten später kam Dad keuchend und schnaufend zurück und schlang sich die Arme um den Leib.

»Also, zuerst stand alles auf der Kippe, aber der Große Braune hat es doch mal wieder geschafft!« Alles jubelte, aber Byron und ich verstummten gleich wieder und runzelten die Stirn. Dad lächelte uns auf eine Weise an, daß wir wußten, was jetzt kommen würde: Er zog zwei Eiskratzer aus der Tasche und sagte: »Okay, Boys, raus mit euch, und haut die Fenster aus dem Rahmen.«

Wir stöhnten und ächzten und zogen uns noch mehr Mäntel an und gingen nach draußen, um die Autofenster freizukratzen. Ich konnte Byrons Flunsch ansehen, daß er versuchen würde, sich vor seinem Teil der Arbeit zu drücken.

»Ich mach nicht deinen Job auch noch, Byron, also fang lieber an, das meine ich ernst.«

»Halt die Klappe, du Blödmann.«

Ich ging auf die Beifahrerseite des Braunen Bombers und fing an, auf die Eiskruste einzuhacken, die die Fenster bedeckte.

Als ich mit Mommas Fenster fertig war, machte ich eine Pause. Bei dieser Kälte Eis von Autofenstern abkratzen kann tödlich sein!
Von der anderen Seite des Autos her war nichts zu hören, deshalb brüllte ich: »Das ist mein Ernst, Byron, diese Seite mach ich nicht auch noch, und ich mach auch nur die halbe Windschutzscheibe, ist mir egal, was du dann mit mir machst!« Die Windschutzscheibe des Bombers war nicht so wie die der neuen Autos Baujahr 63, sie hatte in der Mitte eine Strebe, die sie in zwei Hälften teilte.
»Halt deine blöde Fresse, ich hab jetzt Wichtigeres zu tun.«
Ich lugte um das Autoheck herum, weil ich wissen wollte, was By da anstellte. Er hatte bisher nur den Seitenspiegel abgekratzt, und jetzt bückte er sich und betrachtete sein Spiegelbild. Er sah mich und sagte: »Weißt du was, du Dussel? Ich muß ein Adoptivkind sein, zwei so häßliche Leute wie deine Eltern hätten nie ein so tolles Kind wie mich kriegen können.«
Er fuhr sich mit den Händen durch die Haare, als ob er sich kämmen wollte.
Ich sagte: »Red kein Blech!« und ging wieder auf die andere Seite, um das Rückfenster zu erledigen. Ich hatte es zur Hälfte vom Eis befreit, als ich eine Atempause einlegen mußte. Ich hörte, wie Byron meinen Namen murmelte.
Ich sagte: »Hältst du mich für blöd? Diesmal schaffst du das nicht.«
Wieder murmelte er meinen Namen. Es hörte sich an, als ob er den Mund voll hätte. Ich wußte, daß das ein Trick war, ich wußte, jetzt folgte »Wie überlebe ich einen Blizzard, zweiter Teil«.
»Wie überlebe ich einen Blizzard, erster Teil« hatte letzte Nacht stattgefunden: Ich hatte draußen im Schnee gespielt, als Byron und sein Busenfreund Buphead vorbeikamen. Buphead fiel schon viel länger als Byron offiziell unters Jugendstrafrecht.

»Sag mal, Kleiner«, fragte By. »Möchtest du was lernen, was eines Tages vielleicht dein doofes Leben retten kann?«
Ich hätte es besser wissen müssen, aber ich langweilte mich und vielleicht hatte auch die Kälte mein Gehirn lahmgelegt, deshalb fragte ich: »Was denn?«
»Wir können dir beibringen, wie du einen Blizzard überlebst.«
»Wie denn?«
Byron schlug sich die Hände vors Gesicht und sagte: »Das mußt du dir vor allen Dingen merken, okay?«
»Wieso denn?«
»Also, als erstes zeigen wir dir, was es für ein Gefühl ist, im Blizzard eingeschneit zu sein. Fertig?« Er flüsterte Buphead etwas zu, und beide lachten.
»Fertig.«
Ich hätte wissen müssen, daß Buphead und By nur mit mir spielen wollten, weil sie eine Gemeinheit vorhatten.
»Okay«, sagte By. »Als erstes solltest du dir wegen der hohen Windstärke Gedanken machen.«
Byron und Buphead packten mich jeweils an einem Arm und einem Bein und schwenkten mich zwischen sich hin und her, und dabei riefen sie: »*Wuuuu*, Blizzard-Warnung! *Woooo*, Blizzard-Warnung! Alles in Deckung!«
Buphead zählte bis drei, und beim dritten Mal ließen sie mich los. Ich landete kopfüber in einer Schneewehe.
Aber das war nicht schlimm, ich trug schließlich drei Mäntel, zwei Pullover, ein T-Shirt, drei Unterhosen und vier Paar Sokken, dazu einen Schal, eine Mütze und eine Kapuze. Die beiden hätten mir nicht mal weh tun können, wenn sie mich vom Empire State Building geworfen hätten.
Als ich mich aus der Schneewehe befreit hatte, lachten sie los, und ich lachte auch.
»Spitze, Bruderherz, was?« fragte By. »Den Teil des Tests hast du mit B plus bestanden, oder was sagst du, Buphead?«

Buphead sagte: »Ich würde dem kleinen Blödmann ein A geben.«
Wieder flüsterten sie, und wieder prusteten sie los.
»Okay«, sagte By. »Als zweites mußt du lernen, wie du bei starkem Wind dein Gleichgewicht behältst. Das mußt du richtig gut im Griff haben, damit du nicht in einen Eisbärbau geweht wirst.«
Sie zogen mich zwischen sich und wirbelten mich so lange herum, daß es mir wie eine halbe Stunde vorkam. Als mir die Spucke aus dem Mund flog, durfte ich anhalten, und ich wakkelte eine Weile, bis sie mich wieder in diese Schneewehe schubsten.
Als sich nicht mehr alles drehte, stand ich auf, und wir prusteten los.
Sie flüsterten eine Runde, dann fragte By: »Was meinst du, Bup? Er hat das Gleichgewicht ganz schön lange gehalten, ich geb ihm ein A minus.«
»Ich bin nicht so streng wie du, ich geb dem kleinen Blödmann ein doppeltes A minus.«
»Okay, Kenny. Jetzt kommt der letzte Teil des Blizzard-Überlebenstrainings, bist du soweit?«
»Ja!«
»Du hast den Windtest bestanden und warst beim Gleichgewichtstest sehr gut, jetzt wollen wir mal sehen, ob du wirklich die ganze Prüfung bestehst. Weißt du noch, daß wir dir gesagt haben, was beim Überleben das wichtigste ist?«
»Ja!«
»Alles klar, es geht los. Buphead, erklär's ihm.«
Buphead drehte mich zu sich um, und ich kehrte Byron den Rücken zu. »Alles klar, Dussel«, sagte Bup. »Ich will sichergehen, daß du für diesen Test bereit bist, bisher hast du alles so gut gemacht, ich will nicht, daß du jetzt noch alles verpatzt. Meinst du, du bist soweit?«

Ich nickte und rechnete damit, diesmal wirklich mit Wucht in den Schnee geschmissen zu werden. Ich war wild entschlossen, nicht loszuheulen oder so. Ich war wild entschlossen, am Ende zu lachen, egal, mit wieviel Wucht sie mich in den Schnee feuern würden.
»Okay«, sagte Buphead. »Alles klar, du weißt doch noch, was dein Bruder übers Händehochhalten gesagt hat?«
»So?!« Ich bedeckte mein Gesicht mit meinen Handschuhen.
»Ja, genau!« Buphead blickte Byron über meine Schulter hinweg an und sagte: »*Wuuu!* Starker Wind, bringt viel Schnee! *Woooo!* Aufgepaßt! Der Blizzard kommt! Der Tod wartet schon hinter der nächsten Ecke! Aufgepaßt!«
Byron murmelte meinen Namen, und ich drehte mich um, weil ich wissen wollte, warum er sich so komisch anhörte. Als ich ihn ansah, prustete Byron mir auch schon eine Handvoll Schnee ins Gesicht.
Himmel! Ich konnte gar nicht fassen, wieviel Schnee By in seinem Mund unterbringen konnte! Er und Buphead bepißten sich geradezu vor Lachen, als ich da stand und mir Spucke und Eis vom Gesicht liefen.
Byron schnappte nach Luft und sagte: »Also, Mensch, das hast du verpatzt! Du hast alles so gut geschafft, und dann setzt du die Schneeweh-Prüfung in den Sand, du hast vergessen, die Hände zu heben. Was sagst du, Buphead, F?«
»Klar doch, doppeltes F minus.«
Gut, daß mein Gesicht von der Kälte schon betäubt war, sonst wäre ich nämlich erfroren. Ich wollte auch nicht riskieren, daß mich irgendwer dazu brachte, die beiden zu verpfeifen, deshalb ging ich ins Haus und setzte mich vor den Fernseher.
Und jetzt kratzten By und ich das Eis vom Braunen Bomber, und ich war wild entschlossen, mich nicht schon wieder leimen zu lassen. Ich hackte weiter Eis vom Rückfenster und achtete nicht auf Bys Gemurmel.

Als ich die nächste kleine Pause einlegte, rief Byron noch immer meinen Namen, aber er hörte sich an, als ob er etwas im Mund hätte. Er sagte: »Ke-hee! Ke-hee! Hif... Hif...!« Und als er auch noch anfing, gegen die Autotür zu hämmern, wollte ich dann doch mal nachsehen, was los war.
By hing vor dem Seitenspiegel und guckte aus nächster Nähe hinein. Dicke Rauchfetzen stiegen neben dem Spiegel hoch.
Ich hob ein großes, spitzes Stück Eis auf, falls er ein fieses Ding vorhatte.
»Ke-hee! Ke-hee! Hif mi! Ho Momma! Ho Mom-ma! Hos, mach hef!«
»Darauf fall ich nicht rein, Byron. So blöd bin ich nun wirklich nicht. Mach jetzt lieber deine Seite fertig, sonst schlitz ich dich mit diesem Eiszacken auf!«
Er hämmerte noch energischer gegen die Autotür und stampfte mit den Füßen. »O bitte, Ke-hee! Hif mi, ho Momma!«
Ich hob den Eiszacken über meinen Kopf. »Ich fall da nicht drauf rein, By, also mach dich an die Arbeit, oder ich hol Dad!«
Ich ging dichter an ihn heran, und als ich dicht neben ihm stand, sah ich, daß Rotz aus seiner Nase und Tränen über seine Wangen liefen. Und das waren keine Kältetränen, das waren dicke saftige Heulbabytränen! Ich ließ den Eiszacken fallen.
»By! Was ist los?«
»Hif mi, Ke-hee! Ho Hiffe!«
Ich trat noch dichter an ihn heran. Ich traute meinen Augen nicht: Byrons Mund war am Spiegel festgefroren. Er klebte daran wie eine Fliege an der Leimrute!
Ich hätte ihm jetzt allerlei antun können. Wenn ich irgendwo an den Lippen festgeklebt hätte, dann hätte er mich erst mal tagelang gequält, ehe er Hilfe geholt hätte. Aber so war ich

nun mal nicht, ich hätte mir fast das Genick gebrochen, als ich ins Haus stürzte, um Byron zu retten.

Als ich die Haustür aufriß, schrien Momma, Dad und Joey im Chor: »Tür zu!«

»Momma, schnell! By! By ist draußen festgefroren!«

Das schien sie nicht weiter zu beeindrucken.

Ich brüllte: »Echt! Er ist am Auto angefroren! Hilfe! Er heult!«

Das brachte sie auf die Beine. Byron könnte man den Kopf abhacken, und er würde trotzdem nicht heulen.

»Kenneth Bernard Watson, was in aller Welt erzählst du uns da?«

»Momma, bitte, mach schnell!«

Momma, Dad und Joey zogen sich schnell ein paar Mäntel an und folgten mir zum Braunen Bomber.

Die Fliege klebte noch immer fest und brummte. »O Momma! Hif mi! Ho mich hi feg!«

»O großer Gott!« schrie Momma, und ich dachte, jetzt kommt so eine filmreife Ohnmacht, sie schlug sich sogar die Hand vor die Stirn und taumelte ein paar Schritte rückwärts.

Joey heulte natürlich gleich mit Byron zusammen los.

Dad gab sich alle Mühe, um nicht loszuprusten. Große Rauchwolken quollen aus seiner Nase und seinem Mund, als er versuchte, sein Lachen zu ersticken. Schließlich legte er den Kopf auf die Hände, stützte sich mit den Ellenbogen auf die Motorhaube und johlte los.

»Byron«, sagte Momma und wischte ihm mit dem Ende ihres Schals sanft die Tränen ab. »Keine Angst, Baby, wie ist das bloß passiert?« Sie hörte sich an, als ob auch sie jede Minute losheulen könnte.

Dad hob den Kopf und sagte: »Wieso fragst du überhaupt, was passiert ist, Wilona? Kannst du dir das nicht denken? Der kleine Spinner wollte sein Spiegelbild küssen und ist dabei hängen geblieben!« Dad holte tief Atem. »Klebt deine Zunge auch fest?«

»Nein! Red kein Schei, Da-y! Hif! Hif!«

»Na, zum Glück war der Junge nicht allzu leidenschaftlich!« Dad fand das schrecklich witzig und ließ den Kopf wieder auf die Hände sinken.

Momma fand die Sache überhaupt nicht komisch. »Daniel Watson! Was machen wir? Was macht ihr hier eigentlich, wenn so was passiert, ha?« Momma redete immer mit Südstaatenakzent, wenn sie sich Sorgen machte.

Dad konnte sich gerade lange genug einkriegen, um zu sagen: »Wilona, ich lebe schon seit meiner Geburt in Flint, seit fünfunddreißig Jahren, und ich schwöre, ich sehe zum ersten Mal einen, dem die Lippen an einem Spiegel festgefroren sind. Süße, ich weiß nicht, was wir machen sollen, vielleicht warten, bis er auftaut?«

»Reiß ihn los, Dad«, schlug ich vor. Da rastete Byron aus. Er hämmerte wieder gegen die Türen des Braunen Bombers und murmelte: »Nei! Nei! Mom-ma, erlau das nich!«

Joey plapperte los. »Das ist genau wie diese schreckliche Geschichte über diesen Narsissy oder so, der sich so lange angeglotzt hat, daß er vergessen hat zu essen und dann verhungert ist. Mommy, bitte, rette ihn!« Und dann ging sie zu dem blöden Byron und legte ihm die Arme um den Bauch.

Momma fragte Dad: »Was ist mit heißem Wasser? Könnten wir nicht soviel heißes Wasser auf den Spiegel gießen, daß das Eis schmilzt und Byron loskommt?« Sie wischte By immer wieder die Tränen von den Wangen und sagte: »Mach dir keine Sorgen, Baby, wir holen dich hier schon runter.« Aber ihre Stimme klang so zittrig und südstaatenmäßig, daß ich mich schon fragte, ob wir wohl im Sommer mit einem Skelett durch die Gegend fahren würden, das an den Lippen vom Seitenspiegel baumelte.

Dad sagte: »Ich weiß einfach nicht. Ihn mit Wasser zu begießen könnte das Schlimmste sein, was wir tun können, aber vielleicht ist es auch unsere einzige Chance. Holt ihr doch heißes Wasser, und ich wisch ihm die Wangen ab.«
Joey sagte zu By: »Mach dir keine Sorgen, wir sind gleich wieder da.« Sie stellte sich auf die Zehenspitzen und gab By einen Kuß, dann rannten sie und Momma ins Haus. Dad prustete wieder los.
»Na, du großer Liebhaber, ich nehme an, jetzt kann dich niemand mehr ›Hotlip‹ nennen, was?« Dad bepißte sich jetzt wirklich. »Und auch nicht den ›letzten rotglühenden Liebhaber‹, oder?« Er zupfte an Byrons Ohr und zog ihm den Kopf zurück.
By rastete wieder aus. »Nich! Momma! Mom-ma! Hif! Hehee, ho Mom-ma! Mach schnef!«
»Himmel, ich glaub, das bringt nichts, oder?«
Jedesmal, wenn er Byron die Tränen und den kleinen Schnurrbart aus Rotz abwischte, prustete Dad wieder los, bis auch aus seinen Augen kleine Tränenbäche strömten.
Dad versuchte, ein ernstes Gesicht zu machen, als Momma und Joey mit einem dampfenden Topf aus dem Haus gestürzt kamen, aber ihm liefen noch immer die Tränen über die Wangen.
Momma versuchte, Wasser auf den Spiegel zu gießen, aber ihre Hände zitterten dermaßen, daß sie es wild durch die Gegend verspritzte. Dad machte auch einen Versuch, aber er konnte Byron nicht ansehen, ohne zu lachen und zu zittern.
Das bedeutete, daß ich es tun mußte.
Ich wußte, wenn meine Lippen irgendwo festgefroren wären und alle zu sehr zitterten, um mich mit Wasser zu begießen, nur Byron nicht, dann würde er irgendwelche Gemeinheiten begehen. Er würde mir wahrscheinlich »aus Versehen« Wasser in die Augen spritzen, bis meine Augen so vereist wären, daß

ich sie nicht mehr schließen könnte. Aber ich war ja nicht so. Sanft goß ich ein Wasserbächlein auf den Spiegel.

Dad hatte recht gehabt! Etwas Schlimmeres hätten wir gar nicht tun können! Das Wasser knackte und erstarrte zu Eis, sowie es den Spiegel und Bys Lippen berührte.

Bys Mund war vielleicht angefroren, bei seinen Händen war das jedoch einwandfrei nicht der Fall, und er knallte mir voll einen gegen die Stirn. Hart! Ich sag das nicht gern, aber jetzt heulte ich ebenfalls los.

Kein Wunder, daß die Nachbarn uns hinter unserem Rücken die komischen Watsons nannten. Da standen wir zu fünft bei hundertachtundfünfzig Millionen Grad unter Null um ein Auto herum und heulten allesamt wie die Schloßhunde.

»'top! 'top!« schrie By.

»Daniel Watson, was sollen wir tun?« Momma drehte durch. »Du mußt diesen Jungen ins Krankenhaus bringen! Mein Kleiner muß sonst sterben!«

Dad versuchte, ernst auszusehen.

»Wilona, was glaubst du, wie weit ich komme, wenn ich mit diesem kleinen Clown am Spiegel losfahre? Was soll ich denn machen, soll er den ganzen Weg zum Krankenhaus neben dem Auto herrennen?«

Momma sah sich Bys Mund noch einmal genau an, schloß eine Sekunde lang die Augen, als ob sie beten wollte, und dann sagte sie: »Daniel, du rufst jetzt das Krankenhaus an und fragst sie um Rat. Joey und Kenny, geht mit eurem Daddy.«

Dad und Joey verschwanden weinend im Haus. Ich blieb beim Braunen Bomber stehen. Ich ging davon aus, daß Momma alle loswerden wollte, weil sie was vorhatte. Byron ging das auch so, und er starrte Momma ziemlich nervös an. Momma wickelte ihren Schal um Byrons Gesicht und sagte: »Süßer, du weißt doch, wir müssen etwas unternehmen. Ich

werd versuchen, dein Gesicht ein bißchen anzuwärmen. Bleib du ganz ruhig.«
»Okay, Momma.«
»Du weißt, daß ich dich liebe und daß ich dir bestimmt nicht weh tun will, ja?« Wenn Momma Byron damit beruhigen wollte, dann schaffte sie das nicht besonders gut. Dieses ganze Gerede von Lieben und Nicht-weh-tun-Wollen versetzte ihn nur noch mehr in Panik.
»Wa haftu vor? Ha? Nich weh hun! Ke-hee, Hif!«
Momma nahm den Schal weg und legte eine Hand auf Byrons Wange und die andere auf seine Stirn.
»Neih! Hif! Hif mi, Ke-hee!«
Da riß Momma plötzlich hart an Byrons Kopf, und meine Augen schlossen sich automatisch, und meine Hände hielten mir automatisch die Ohren zu, und mein Mund öffnete sich automatisch und schrie: »Jiiiiauuuuuu!«
Ich konnte es nicht sehen, aber ich wette, daß Byrons Lippen sich eine Meile in die Länge gezogen haben, ehe sie schließlich den Spiegel losließen. Ich wette, daß seine Lippen aussahen wie ein riesiges Gummiband, ehe sie vom Glas freikamen.
Ich konnte es nicht hören, aber ich wette, daß Byrons Lippen sich anhörten wie ein riesiges Stück Papier, das in zwei Hälften gerissen wird.
Als ich die Augen wieder aufmachte, rannte Byron auf das Haus zu. Er hielt sich die Hände vor den Mund, und Momma kam dicht hinter ihm her. Ich lief zum Spiegel, um nachzusehen, wieviel von Byrons Lippen noch daran klebte.

Diese miese Bande ließ es Byron durchgehen, daß er seinen Anteil bei den Fenstern nicht machte, und ich mußte allein das ganze Auto vom Eis befreien. Als wir uns endlich auf den Weg zu Tante Cydney machten, beschloß ich, es Byron heimzuzahlen, daß er mir einen vor die Stirn geballert hatte und vom

Eiskratzen befreit worden war. Joey saß zwischen uns, deshalb fühlte ich mich einigermaßen sicher. Ich sagte ganz laut zu ihr: »Joetta, stell dir mal vor. Ich möchte einen eigenen Comic schreiben.«
»Worüber denn?«
»Also, über so einen richtig fiesen Verbrecher, der durch einen grauenhaften Unfall in einen Superhelden verwandelt wird.«
Joey wußte, daß ich Byron hochnehmen wollte, deshalb machte sie ein Gesicht, als ob sie mich warnen wollte. Schließlich fragte ich: »Möchtest du wissen, wie der neue Superheld heißen soll?«
»Wie denn?«
»Ich werde ihn das ›Lippenlose Wunder‹ nennen. Die ganze Zeit schlägt er Superhelden zusammen, die kleiner sind als er, und das einzige, wovor er Angst hat, ist ein kalter Spiegel.«
Alle komischen Watsons, außer Byron, gackerten los. Mommas Hand flog vor ihren Mund. Ich sah als einziger, wie Byron mir den Finger zeigte und etwas zu flüstern versuchte, ohne die ganze Vaseline zu verschmieren, mit der Momma seine Lippen versorgt hatte. »Wart du nur, dann kriegst du einen Tritt in deinen kleinen Hintern.« Dann schielte er, weil er mich so am liebsten aufzog, aber das war mir egal, ich wußte, wer diese Runde gewonnen hatte!

Schöne Grüße an die Schule, Professor!

Larry Dunn war in der Clark Elementary der König vom Kindergarten bis zur vierten Klasse. Er war der König, weil er viel älter war als alle anderen und doppelt so stark. Er war stärker, weil er fast voll ausgewachsen war, und er hatte irgendeine Klasse zwei- oder dreimal machen müssen.
Er war der drittälteste Schüler in der ganzen Schule. Stärker waren nur Byron und Buphead, die in der Sechsten waren und ebenfalls mindestens eine Ehrenrunde gedreht hatten, aber das wußten wir nicht so genau, weil Momma und Dad nicht darüber redeten.
Larry Dunn konnte der König vom Kindergarten bis zur vierten Klasse sein, weil Byron da keine Interessen hatte. Larry war der König … aber Byron war ein Gott.
Eigentlich hätte ich dann ja ein Prinz oder so sein müssen, aber so lief das nicht. Ich war einfach nur ein Blödmann aus der Vierten. Ich glaube, ich hatte ein paar Sonderrechte, weil mein Bruder der Gott der Schule war, aber viele waren das nicht. Es half in blöden Situationen, wie damals, als ich einen Dollarschein gefunden hatte und in meiner Aufregung doof genug gewesen war, ihn Larry Dunn zu zeigen. So ungefähr eine Sekunde, ehe er seine Hand ausstreckte und sagte: »Zeig her!«, wußte ich, daß das ein großer Fehler gewesen war. Aber was sollte ich machen?
»Kenny«, sagte er. »Wo hast du diesen Dollar gefunden?«

»Vor der Schule, drüben auf der Kennelworth.«
Larry drehte meinen Dollar immer wieder um, und ich wurde langsam ganz schön nervös.
»Weißt du was, Kenny?«
»Was?« Ich hielt den Atem an.
»Das ist wirklich komisch, aber gestern hab ich auf der Kennelworth fünfzig Cents verloren, und bestimmt haben sich meine fünfzig Cents mit anderen fünfzig Cents zusammengetan und diesen Dollar hier gebildet!«
Huuu! Ich atmete auf, lächelte und nickte. Wir gingen zum Wechseln in den Laden, und Larry Dunn bekam seine verlorenen fünfzig Cents zurück, und ich behielt die anderen fünfzig, die sich mit Larrys zusammengetan hatten. Ich wußte, wenn Byron nicht mein großer Bruder gewesen wäre, dann hätte Larry so ungefähr gesagt: »Da meine fünfzig Cents die anderen fünfzig Cents gefunden und sie sich zu diesem Dollar zusammengetan haben, werd ich den ganzen Kram behalten. Du kennst doch die Regeln, gefunden ist gefunden, wieder abgenommen, in die Hölle gekommen.«
Daß ich mit dem Gott der Schule verwandt war, half auch in anderer Hinsicht. Ich hatte zwei Probleme, die mir sehr viel mehr Prügel und Spott eingetragen hätten, wenn By nicht gewesen wäre. Ein Problem war, daß ich gern las und daß die Leute mich deshalb für besonders clever hielten, vor allem die Lehrer.
Gleich in der Ersten fingen sie an, mich anders zu behandeln als die anderen Kids. Zuerst fand ich es ganz witzig, daß sie mich für ein Genie hielten, aber dann stellte sich heraus, daß einige in der Klasse mich deshalb nicht mehr leiden mochten. In der Zweiten ging dann Miss Henry mit mir in andere Klassen, und da mußte ich vor allen Leuten aus der Bibel oder aus der Zeitung vorlesen. Das machte mir viel Spaß, bis ich mal von meinem Text hochblickte und sah, daß Miss Henry und

die anderen Lehrer zwar grinsten wie die Honigkuchenpferde, daß die ganze Klasse aber wegschaute oder mich anglotzte wie einen Hund mit sechs Beinen.
Und dann war da noch der Tag, als Miss Henry mit mir in Mr. Alums' fünfte Klasse ging. Mr. Alums war der strengste Lehrer an der Schule, und schon seine bloße Gegenwart war ein bißchen unheimlich. Er blickte auf mich herab und sagte: »Guten Morgen, Mr. Watson, ich hoffe, Sie sind heute gut in Form.« Ich nickte einfach nur, weil ich nicht so recht wußte, was er damit sagen wollte.
»Nicht nervös werden, Kenny«, sagte Miss Henry. »Mr. Alums möchte, daß du ein paar Absätze aus diesem Buch von Langston Hughes vorliest.« Sie reichte mir ein Buch und fügte hinzu: »Bleib hier stehen, während wir dich der Klasse vorstellen.«
Himmel! Manchmal wäre ich wirklich gern so clever gewesen, wie diese Lehrer dachten, denn dann hätte ich jetzt das Buch fallen lassen und wäre nach Hause gerannt. Wenn ich clever genug gewesen wäre, um mir denken zu können, was als nächstes passieren würde, hätte ich nie einen Fuß in dieses Klassenzimmer gesetzt.
Ich stand also vor der offenen Tür auf dem Flur und sah mir den Kram an, den ich vorlesen sollte, und Mr. Alums sagte zu seiner Klasse: »Also, heute habe ich etwas besonders Schönes für euch. Ich habe euch ja schon oft gesagt, daß wir Schwarze die Welt manchmal als feindseligen Ort erleben.« Ich sah, wie Mr. Alums hin und her lief und sich dabei mit dem Zeigestock in die Handfläche schlug. »Ich habe euch immer wieder klargemacht, wie wichtig es ist, gut lesen zu können. Ich habe sehr häufig betont, daß wir uns mit der Literatur gut auskennen müssen und ihr nicht mit Scheu begegnen dürfen. Heute möchten Miss Henry und ich euch zeigen, was ihr in dieser Hinsicht leisten könntet. Ich möchte, daß ihr euch genau

merkt, wie weit dieser Schüler aus der zweiten Klasse schon gekommen ist, und ihr sollt vor allem darauf achten, welche Wirkung seine Fähigkeiten auf euch haben. Ich möchte, daß ihr euch klarmacht, daß einige unserer Schüler wirklich phantastisch gut lesen.«
Ich sah, wie Mr. Alums den Zeigestock auf jemanden hinten in der Klasse richtete und sagte: »Vielleicht möchtest du meine Vorstellung beenden, ich glaube, du kennst unseren Gast recht gut.«
Der, auf den er gezeigt hatte, sagte: »Was? Ich hab überhaupt nix getan!«
Miss Henry winkte mich herein, und ich mußte vor die Klasse treten. Mr. Alums hatte mich wohl zu nervös gemacht, als daß ich die Stimme erkannt hätte, aber als ich das Klassenzimmer betrat, erstarrte ich. In der allerersten Reihe auf zwei Stühlen ganz dicht vor dem Lehrerpult saßen Buphead und Byron! Das Langston-Hughes-Buch fiel mir aus der Hand, und die ganze Klasse lachte, die ganze Klasse, nur Byron nicht. Sein Blick hielt meinen fest, und ich spürte, wie sich in mir alles auflöste.
Mr. Alums knallte seinen Zeigestock auf das Pult, und die Klasse wurde sehr, sehr ruhig.
»Mal sehen, ob ihr das noch immer so witzig findet, wenn ihr gehört habt, wie gut dieser junge Mann liest. Und Byron Watson, wenn du es nicht schaffst, ein wenig von diesem Feuer aus deinem Blick zu entfernen, dann fällt mir sicher ein, wie ich dir dabei helfen kann. – Statt deinen kleinen Bruder einzuschüchtern, solltest du ihm lieber nacheifern und dein Gehirn benutzen, dann würde dir manches vielleicht viel leichter fallen. Vielleicht müßtest du dann im nächsten Jahr nicht wieder in der fünften Klasse auftauchen, was meinst du, hmmm?«
Byron warf mir noch einen wütenden Blick zu, dann starrte er seine Tischplatte an.

Mr. Alums hätte mich auch an einen Pfahl binden und »Achtung, fertig, Feuer!« rufen können.
Ich las diesen Kram von Langston Hughes ganz schnell, aber das war ein Fehler. Miss Henry sagte: »Langsamer, Kenneth«, und dann nahm sie mir das Buch weg und gab es mir auf den Kopf gedreht zurück. Mit einem breiten Lächeln sagte sie zu Mr. Alums: »Wenn er zu schnell wird, dann verlangsamt das sein Tempo ein bißchen.« Ich las ein bißchen weiter aus dem umgedrehten Buch, und die fünfte Klasse starrte mich ziemlich genervt an.
Schließlich durfte ich aufhören. Mr. Alums stand auf, applaudierte, und ein paar von den Schülern taten das auch. Byron würdigte mich nicht eines einzigen Blickes, aber Buphead starrte mich wütend genug für zwei an.
»Bravo! Hervorragend, Mr. Watson! Die Zukunft steht Ihnen offen! Bravo!« Ich konnte mir nur überlegen, wie ich lebendig nach Hause kommen sollte.
Ich hatte noch nicht einmal den Schulhof verlassen, als Byron und Buphead mich schon eingeholt hatten. Eine Gruppe von Leuten hüpfte um uns herum, und alle waren ganz aufgeregt, weil sie wußten, daß ich gleich eine Abreibung kriegen würde. Buphead sagte: »Hier haben wir diesen kleinen blöden Eierkopf!«
»Laß den kleinen Clown doch«, sagte Byron. »Das ist eine Affenschande, ihn vorzuführen wie eine Mißgeburt!«
Er boxte mir auf den Arm und sagte: »Du solltest dich wenigstens für diesen Quatsch bezahlen lassen. Wenn ich das wäre, würden sie jedesmal Zaster hinblättern, wenn sie mich rumzeigen wollen.«
Ich konnte es nicht fassen. Ich glaube, Byron war stolz auf mich.
Als alle sahen, daß Byron mir nichts dafür antun wollte, daß ich clever war, beschlossen sie ebenfalls, mich in Ruhe zu las-

sen. Sie nannten mich zwar weiterhin ab und zu Eierkopf oder Professor, aber im Vergleich zu dem, was sonst alles hätte passieren können, war das nicht so schlimm.
Die zweite Sache, wegen der mich die anderen ohne Byron viel mehr hochgenommen hätten, war mein Auge.
Momma sagte, es sei nicht wichtig, ich sei ein richtig gutaussehender kleiner Junge, aber seit meiner Geburt war mein einer Augapfel irgendwie faul. Das heißt, statt dahin zu schauen, wo ich das wollte, wollte er lieber neben meiner Nase im Augenwinkel liegen. Ich hatte alles mögliche versucht, um das zu ändern, aber es hatte alles nicht funktioniert. Ich hatte Übungen gemacht, wo ich erst in die eine und dann in die andere Richtung blicken mußte, erst so, dann so, auf und ab, ab und auf, aber wenn ich dann in den Spiegel schaute, wanderte das Auge schon wieder in seine Ecke. Ich hatte auf dem anderen Auge eine Augenklappe getragen, um das faule in Gang zu bringen, aber auch das hatte es nicht weiter beeindruckt. Eine Zeitlang machte es Spaß, den Piraten zu spielen, dann wurde es langweilig.
Schließlich gab Byron mir einen guten Rat. Er hatte bemerkt, daß ich mein faules Auge zusammenkniff, wenn ich mit jemandem redete, oder daß ich es mit der Hand bedeckte. Das machte ich nur, weil es schwer ist, mit Leuten zu reden, wenn die deine Augen anglotzen, statt dir zuzuhören.
»Hör mal, Alter«, sagte er zu mir, »wenn du nicht willst, daß die Leute dir in dein kaputtes Auge schauen, dann mußt du das so machen.« Byron ließ mich stillstehen und geradeausstarren, dann trat er neben mich und bat mich, ihn anzusehen. Ich drehte den Kopf und schaute ihn an. »So, Alter, halt den Kopf gerade und sieh mich von der Seite her an.«
Das machte ich. »Siehst du? Jetzt schielst du nicht mehr! Deine Augen sind jetzt gerade wie zwei Pfeile.« Ich ging ins Badezimmer, kletterte auf die Toilette und beugte mich vor,

um von der Seite her in den Spiegel zu schauen, und Byron hatte recht! Ich mußte einfach lächeln. Und Momma hatte auch recht gehabt! Ich war ein ziemlich gutaussehender kleiner Typ, wenn ich mich von der Seite ansah und beide Augen in dieselbe Richtung schauten.

Daß mein älterer Bruder der Gott der Clark Elementary war, bedeutete aber nicht, daß ich nie aufgezogen wurde. Ich hatte immer noch ganz schön viel Ärger und wurde Kenny Schielauge genannt, und noch immer starrten die Leute meine Augen an, und noch immer mußte ich aufpassen, wenn sie selber schielten, um mich hochzunehmen. So was passierte mir so ungefähr jeden Tag, aber ohne Byron wäre es noch viel öfter vorgekommen. Deshalb kriegte ich ziemliche Muffen bei dem Gedanken, daß Byron demnächst nach der Sechsten auf die Junior High School überwechseln würde. Und deshalb wollte ich mir das Buch *Karate in drei Wochen* bestellen, für das hinten auf meinen Comics geworben wurde.

Das Schlimmste an der ganzen Anmache aber waren die Fahrten mit dem Schulbus an den Tagen, an denen Byron und Buphead sich fürs Schuleschwänzen entschieden hatten.

Wir standen an der Ecke und warteten auf den Bus, Byron, Buphead und all die anderen alten Verbrecher auf einem Haufen, Larry Dunn, Banky und all die anderen jungen Verbrecher auf einem anderen, die normalen Leute wie Joetta auf einem dritten, und ich allein am Rand. Wenn wir drei Blocks weiter den Schulbus erspähten, stellten wir uns alle auf – alte Verbrecher, junge Verbrecher, normale Leute, dann ich. Erst, wenn der Bus anhielt und die Tür sich öffnete, wußte ich, ob By und Buphead mitfahren würden. Es war ganz schrecklich, wenn By vorbeikam und sagte: »Schöne Grüße an die Schule, Professor!« Manchmal waren diese Worte für die anderen wie eine Aufforderung, sich über mich herzumachen.

Aber auch der Tag, an dem ich aufhörte, den Bus so sehr zu

hassen, fing mit diesen Worten an. Wir standen wie üblich alle Schlange. »Schöne Grüße an die Schule, Professor!« sagte By und verschwand hinter dem Bus. Ich stieg ein und setzte mich gleich hinter den Fahrer. Wenn By mitfuhr, setzte ich mich einige Reihen hinter ihm nach hinten, sonst aber bot der Fahrer den besten Schutz.
Der Bus fuhr weiter durch die Viertel mit den Sozialwohnungen, und als alle eingesammelt worden waren, steuerte er die Schule an. Aber an diesem Tag machte der Fahrer etwas, was er noch nie getan hatte. Er sah zwei Leute, die fast den Bus verpaßt hätten ... und er hielt an, um sie einsteigen zu lassen. Wenn sonst jemand zu spät kam, lachte er nur und sagte zu uns anderen: »Nur so könnt ihr kleinen Blödmänner lernen, was Pünktlichkeit ist. Ich hoffe, dieser Idiot hat einen angenehmen Spaziergang zur Schule.« Egal, wie hart das zu spät gekommene Kind auch an die Scheiben donnern mochte, der Fahrer gab Gas und lachte es durch das Fenster aus.
Daß er heute anhielt, war Teil eins meines Wunders; es machte mir klar, daß etwas Besonderes passieren würde. Und als sich die Bustüren öffneten und zwei fremde Jungen einstiegen, geschah Teil zwei meines Wunders.
Ab und zu schickte Momma mich zusammen mit Joey in die Sonntagsschule. Obwohl da nur gesungen und in Malbüchern gemalt und Mrs. Davidson zugehört wurde, hatte ich eins gelernt: Ich wußte, was es bedeutete, erlöst zu werden. Ich hatte gelernt, daß einem jemand zu Hilfe kommen konnte, wenn es einem richtig mies ging, und daß dann alle Probleme gelöst waren und man sich viel besser fühlte. Ich hatte gelernt, daß die Person, die uns erlöste, unser persönlicher Retter, von Gott geschickt wurde, um uns zu beschützen und uns zu helfen.
Als der größere Junge in den Bus einstieg und mit dickem Südstaatenakzent zum Fahrer sagte: »Danke, daß Sie angehalten

haben, Sir«, wußte ich es sofort. Ich wußte, daß Gott es endlich satt hatte, daß die ganze Zeit auf mir herumgehackt wurde.
Als ich mir diesen neuen Jungen mit dem breiten Lächeln und der Jacke mit Löchern in den Ärmeln und den zerfetzten Tennisschuhen und den zerrissenen Blue Jeans ansah, wußte ich, wer er war. Vielleicht hatte er nicht vor einer Million Jahren gelebt, und vielleicht hatte er keinen Bart und keine langen Haare, vielleicht war er auch nicht unter einem Stern geboren worden, aber ich wußte es trotzdem, ich wußte, daß Gott mir endlich Hilfe geschickt hatte, ich wußte, daß Gott mir endlich meinen persönlichen Retter gesandt hatte!
Kaum hatte der Junge sich so höflich und richtig bäurisch beim Fahrer bedankt, als ich herumfuhr, weil ich sehen wollte, was die anderen mit ihm anstellen würden. Wenn ein Neuer in die Clark Elementary kam, dann sahen ihn die meisten sich erst mal in Ruhe an. Die Jungs wollten sehen, ob er hart oder schwach war, ob er okay oder ein Dussel war, und die Mädchen wollten wissen, ob er spitze oder häßlich war. Dann entschieden sie, wie er behandelt werden sollte.
Ich wußte, sie würden bei diesem Neuen keine Zeit verschwenden, bei dem würde es ganz leicht und schnell gehen. So einen wie ihn hatten wir noch nie gesehen. Er war zerlumpt, er war mager, er war ein Landei, und er lächelte alle Welt wie bescheuert an. Der andere war sicher sein kleiner Bruder, er sah aus wie eine Schrumpfversion des Großen.
Niemand machte noch irgendwas, und alle waren ganz still. Einige waren aufgesprungen, um besser sehen zu können. Der Ältere lächelte jetzt noch breiter und winkte allen heftigst zu, die kleine Schrumpfversion neben ihm lächelte und winkte ebenfalls. Dann sagten sie: »Hallo, alle mitnander!«, und ich wußte, es gab jemanden, über den die anderen sich noch leichter lustig machen konnten als über mich.

Die meisten glotzten einfach nur. Dann sagte Larry Dunn: »Großer Gott, seht euch alle mitnander diese schwachsinnigen landeimäßigen Provinz-Cornflakes an, die die Katze vom Mississippi hergeschleift hat!« Ungefähr eine Million Finger zeigten auf die neuen Jungs, und eine Million Lacher hätten sie fast umgeworfen.

Larry Dunn warf von hinten im Bus einen Apfelrest, und der neue Junge konnte gerade noch rechtzeitig die Hand heben, um nicht im Gesicht getroffen zu werden. Kleine Apfelstückchen regneten auf den Jungen, seinen Bruder und mich. Die anderen lachten sich scheckig und sagten immer wieder zueinander: »Hallo, alle mitnander!«

Der Busfahrer sprang auf und trat zwischen die beiden Neuen und Larry.

»Seht ihr? Seht ihr, was ihr für Leute seid? Dieser Junge zeigt Manieren und Respekt, und schon wollt ihr über ihn herfallen, und deshalb werdet ihr es allesamt nie zu irgendwas bringen!« Der Busfahrer war stocksauer. »Larry Dunn, setz dich lieber auf deinen Hintern und hör auf mit dem Quatsch. Ich weiß doch, daß du gar keine Lust hast, andere Leute anzumachen, stimmt's? Dafür weiß ich nämlich zuviel über deine Momma.« Jemand sagte: »Oo!«, und Larry setzte sich. Es war jetzt ganz ruhig im Bus. Wir hatten den Fahrer noch nie so wütend erlebt. Er drückte die beiden Neuen auf den Sitz neben mir und sagte: »Achtet nicht auf diese kleinen Idioten, die sind nur glücklich, wenn sie irgendwen runtermachen können.« Dann mußte er unbedingt hinzufügen: »Setzt euch einfach neben den Eierkopf, der tut keinem was.«

Ich sah sie aus dem Augenwinkel heraus an. Ich sagte nichts zu ihnen, und sie sagten nichts zu mir. Aber ich war doch ziemlich überrascht darüber, daß Gott mir einen dermaßen abgerissenen Retter geschickt hatte.

Der größte Dinosaurierkrieg aller Zeiten

Ich konnte es nicht fassen! Mitten in der Mathestunde ging die Tür auf, und die Klassenlehrerin schob den älteren zerlumpten Jungen herein. Mrs. Cordell sagte: »Jungen und Mädchen, heute fängt ein neuer Schüler in dieser Klasse an, er heißt Rufus Fry. Und ich weiß, ihr werdet euch alle Mühe geben, damit Rufus merkt, daß er willkommen ist, nicht wahr?«
Jemand kicherte.
»Gut. Rufus, bitte, sag deinen neuen Klassenkameraden guten Tag.«
Er lächelte nicht, und er winkte auch nicht oder so, er starrte ganz einfach den Boden an und sagte: »Tag.«
Ein paar Mädels fanden ihn wohl toll, denn sie sagten: »Tag, Rufus.«
»Warum setzt du dich nicht neben Kenny, dann kann er dir erklären, was wir gerade machen«, sagte Mrs. Cordell.
Ich konnte es nicht fassen! Ich wünschte meinen persönlichen Retter so weit weg, wie das überhaupt nur möglich war. Ich wußte, wenn zwei Leute, die beide oft angemacht werden, zusammen sind, dann suchen sich die anderen nicht einen von beiden zum Anmachen aus, sondern machen sich über beide her, und statt der üblichen Menge Anmache kriegen sie dann gleich die doppelte Portion ab.
Mrs. Cordell schob den Neuen auf den leeren Platz neben mir.

»Kenny, zeig Rufus doch im Buch, wo wir gerade sind.«
Ich schaute den Neuen von der Seite an. Er fragte: »Kenny? Wieso sagen sie dann Eierkopf zu dir?« Die Klasse prustete los, sie lachten einerseits über seinen Landei-Akzent, und andererseits über mich. Ich merkte, daß sogar Mrs. Cordell kurz vor dem Losprusten war.
Obwohl er dabei wirklich nett ausgesehen hatte, wußte ich doch, daß das ein Witz sein sollte, denn wer hat je von irgendeiner Mutter gehört, die ihren Sohn Eierkopf hätte taufen lassen! Als er sich neben mich setzte, versuchte ich, Byrons Todesblick nachzuahmen, aber das brachte nichts, denn der Junge lächelte mich strahlend an und sagte: »Ich heiße Rufus, was machen wir gerade?«
»Multiplizieren.«
»Das ist doch leicht. Brauchst du Hilfe?«
»Nein!« sagte ich und drehte meinen Stuhl so, daß er nur noch meinen Rücken sehen konnte. Dieser Typ sehnte sich wirklich verzweifelt nach einem Freund, denn er plapperte die ganze Stunde weiter drauflos, obwohl ich kaum ein Wort von mir gab.
In der Pause kam er hinter mir her zu der Stelle auf dem Schulhof, wo ich immer aß, gleich bei der Schaukel. Er hatte vergessen, etwas zu essen mitzubringen, deshalb gab ich ihm eins von Mommas den Hals zuklebenden Erdnußbutterbroten und die Hälfte meines Apfels. Er war wirklich komisch; er aß nur das halbe Brot und wickelte den Rest wieder in Butterbrotpapier, und als ich ihm den Apfel reichte, aß er sogar die Stellen, wo meine Zähne noch zu sehen waren, er wischte vorher nicht mal die Spucke ab.
Und, Mensch, der Junge konnte vielleicht reden! Er schwallte im Schnellzugtempo weiter: »Deine Momma macht aber astreine Erdnußbutterbrote« oder: »Wieso sind die anderen so verdammt gemein?«, lauter so Sachen.

Dann sagte er was, was mich ganz nervös und unsicher machte, er sagte: »Wieso gucken deine Augen nicht in dieselbe Richtung?« Ich versuchte rauszukriegen, ob er mich jetzt vielleicht anmachen wollte, aber es schien ihn wirklich zu interessieren. Er starrte mich auch nicht an, er blickte zu Boden und scharrte mit seinen zerfetzten Schuhen im Dreck.
»Das ist ein faules Auge.«
Seine Füße hielten inne, und er fragte: »Tut das weh?«
»Nein.«
Er sagte: »Oh«, dann scharrte er wieder im Dreck und brüllte: »Ooo Mann! Das ist ja vielleicht fett!«
»Was denn?«
»Siehst du das Eichhörnchen da hinten nicht?« fragte er und zeigte auf einen Baum auf der anderen Straßenseite. »Das ist ja vielleicht ein blödes fettes Eichhörnchen!«
Ich sah mir das Eichhörnchen an, mir kam es überhaupt nicht fett oder blöd vor, es war ein ganz normales altes Eichhörnchen, das auf seinem Ast saß und auf irgendwas herumkaute.
»Wieso findest du das blöd?«
»Was für ein Eichhörnchen sitzt denn so offen in der Gegend rum? So ein Eichhörnchen würde in Arkansas keine zwei Sekunden überleben, da würde ich es wie nix vom Baum pflükken.« Der Neue zielte mit dem Finger auf das Eichhörnchen und sagte: »Peng! Heute abend gibt's Eichhörncheneintopf!«
»Willst du behaupten, daß du schon mal geschossen hast?«
»Du nicht?«
»Willst du behaupten, daß du schon mal Eichhörnchen gegessen hast?«
»Du nicht?«
»Mit einem echten, richtigen Gewehr?«
»Das war nur eine Zweiundzwanziger.«
»Wie schmeckt denn so ein Eichhörnchen?«
»Das schmeckt sehr gut.«

»Willst du behaupten, daß ihr die mit echten Kugeln abknallt und sie dann richtig aufeßt?«
»Warum sollten wir sie denn sonst abknallen?«
»Echte Eichhörnchen, so wie das da?«
»Die sind nicht so fett und nicht so blöd. Ich glaub, die fetten, blöden sind schon längst erledigt. Seit meiner Geburt gibt's in Arkansas nur noch magere, gerissene. Ich glaub, so ein Eichhörnchen aus Michigan ist zwei aus Arkansas wert.«
»Und das ist nicht gelogen?«
Er hob die Hand und sagte: »Ich schwöre bei Gott. Frag doch Cody.«
»Wen?«
Die kleine Schrumpfversion des Neuen stand ganz allein am Zaun, der die Schule umgibt, und beobachtete uns. Der Neue winkte ihm zu, und der kleine Bruder kam angewetzt.
Der Große zeigte auf das Eichhörnchen. »Cody, guck mal da!«
Cody lachte und sagte: »Meine Fresse! Das ist ja vielleicht ein fettes Eichhörnchen!«
»Meinst du, du könntest es da runterpflücken?«
Cody zielte mit dem Finger und sagte: »Peng! Heute abend gibt's Eichhörncheneintopf.«
Ich konnte einfach nicht glauben, daß auch dieser kleine Wicht schon mal geschossen haben sollte.
»Du hast mit einem echten Gewehr geschossen?«
»Nur mit einer Zweiundzwanziger.«
»Mit echten Kugeln?«
Der Kleine sah seinen großen Bruder an und schien fragen zu wollen, warum ich das alles wissen wollte. Sie versuchten offenbar, mit mir Geduld zu haben, wie mit einem richtigen Trottel oder so.
Der Ältere sagte: »Sag's ihm.«
»Ja, sicher, echte Kugeln, womit willst du denn sonst schießen?«

Ich glaubte ihnen noch immer nicht, aber jetzt läutete es, und die Pause war zu Ende. Ich weiß, er dachte, ich hätte nichts bemerkt, aber der Große gab seinem kleinen Bruder die andere Hälfte von meinem Brot. Sie hatten bestimmt beide vergessen, sich selber eins mitzubringen.

Diese Sache mit meinem Retter lief nun wirklich ganz anders ab, als ich das erwartet hatte. Rufus tat jetzt so, als ob ich sein Freund wäre. Morgens setzte er sich im Bus immer neben mich, und Mrs. Cordell setzte uns auch immer wieder zusammen. In der Pause folgte er mir und aß die Hälfte meines zweiten Brotes, die andere steckte er danach Cody zu. Er brachte sogar meine Adresse in Erfahrung und kam jeden Nachmittag um halb sechs herüber.

Daß er zum Spielen kam, machte mir gar nichts aus, denn wir beide spielten am liebsten mit meinen kleinen Plastikdinosauriern, und allein machte das einfach keinen Spaß. Schließlich mußte einer die amerikanischen Dinosaurier sein und einer die Nazi-Dinosaurier. Rufus machte es nicht mal was aus, daß er fast immer die Nazi-Dinosaurier sein mußte, und ich spielte auch gern mit ihm, weil er nicht schummelte und nicht versuchte, meine Plastikmonster zu stehlen.

Der einzige andere Junge, mit dem ich sonst gespielt hatte, war LJ Jones, aber damit hatte ich aufgehört, als meine Dinosaurier in Massen anfingen zu verschwinden. Ich hatte ungefähr eine Million, aber ehe LJ ins Spiel einstieg, hatte ich über zwei Millionen. Es ist mir immer noch peinlich, wie LJ sie mir abgeluchst hat. Zuerst hat er immer nur einen oder zwei auf einmal geklaut, und ich fragte Byron, was ich dagegen machen solle.

By sagte: »Mach nicht so ein Geschrei, Blödmann. Ich seh das so: Ein oder zwei von diesen doofen kleinen Monstern ist wirklich kein zu hoher Preis dafür, daß überhaupt irgendwer mit dir spielen will.«

Aber auf die Dauer war LJ mit einem oder zwei nicht mehr zufrieden, ich glaube, er wollte mehr, und eines Tages sagte er zu mir: »Weißt du was, wir sollten mit diesen kleinen Schießereien aufhören. Wir brauchen eine richtige große Schlacht!«
»Ja, wir könnten sie den größten Dinosaurierkrieg aller Zeiten nennen«, sagte ich, »aber ich will die Amerikaner sein.«
Ich hätte wissen müssen, daß hier was nicht stimmte, als LJ sagte: »Alles klar, aber ich schieß als erster.« Meistens gab es einen ewigen Kampf darum, wer die Nazis übernehmen mußte.
Ich stellte meine Dinosaurier auf, und LJ sagte: »Das ist nicht richtig so. Wenn das wirklich der größte Dinosaurierkrieg aller Zeiten ist, dann brauchen wir mehr Monster. Hol lieber auch noch den Rest.«
Er hatte recht. Wenn das hier eine berühmte Schlacht werden sollte, dann brauchten wir viel mehr Kämpfer. »Okay, bin gleich wieder da«, sagte ich.
Das würde nicht leicht sein. Ich durfte nicht alle Dinosaurier auf einmal mit nach draußen nehmen, weil Momma Angst hatte, ich könnte sie verlieren. Vor allem, weil sie LJ mißtraute. Immer, wenn er zu Besuch kam, sagte sie zu mir: »Sei vorsichtig mit diesem Jungen, der ist ein bißchen zu gerissen für meinen Geschmack.« Aber ich hatte einen Plan. Ich wollte nach oben gehen und den Kissenbezug, in dem ich die Dinosaurier aufbewahrte, aus dem Fenster werfen. Ich war nicht blöd genug, um sie zu LJ hinfallen zu lassen. Ich wollte sie auf der anderen Seite des Hauses aus dem Fenster werfen und sie mir dann holen.
Mein Plan klappte perfekt! Nachdem ich den Kissenbezug geholt hatte, stellte ich meine Dinosaurier und LJ die Nazis auf, und die Schlacht begann.
Er hatte den ersten Schuß und erledigte an die dreißig von meinen mit einer Atombombe. Meine Dinosaurier erwiderten

das Feuer und erwischten zwanzig Feinde mit einer Handgranate. Die Schlacht war spitze! Rechts, links und in der Mitte sanken die Dinosaurier um. Wir stapelten die toten Dinosaurier an der Seite auf und mußten immer neue Verstärkung aus dem Kissenbezug schütteln. Und dann, mitten in einem wilden Gefecht, sagte LJ: »Moment mal, Kenny, wir haben was vergessen.«
Ich war auf einen Trick vorbereitet. Ich wußte, daß LJ versuchen würde, mich für eine Minute wegzulocken, um dann einen Haufen Monster zu stehlen. Ich fragte: »Was denn?«
»Diese Dinosaurier bewerfen sich doch gegenseitig mit Atombomben. Denk doch mal daran, wie gefährlich das ist!«
»Wieso denn gefährlich?«
LJ sagte: »Schau mal.« Er ließ einen Brontosaurier an den toten Dinos vorbeilaufen, und nach zwei Schritten fing der Bronto an zu zittern und sich zu winden, und dann kippte er mausetot um. LJ schnippte ihn zum Dinosaurierleichenhaufen hinüber. Ich fragte: »Was ist denn mit dem passiert?«
»Das war die Radioaktivität. Wir müssen die Toten begraben, ehe sie die anderen auch noch verseuchen.«
Vielleicht lag es daran, daß wir diesen Riesenkrieg laufen hatten und ich so gern gewinnen wollte, jedenfalls leuchtete mir dieser Schwachsinn ein, und statt für jeden der mehreren hundert toten Dinos ein Grab zu buddeln, machten wir ein Riesenloch und steckten alle Radioaktiven hinein, dann rollten wir einen dicken Stein darauf, damit die Radioaktivität nicht heraussikkern konnte.
Es war wirklich der größte Dinosaurierkrieg aller Zeiten. Wir verbrachten soviel Zeit damit, zu kämpfen und Dinosaurier umzubringen, daß wir noch zwei Gräber mit noch zwei großen Steinen als Deckel graben mußten. Und dann brachte LJ doch noch den Trick, auf den ich wartete, aber so lässig, daß mir das nicht mal auffiel.

»Kenny, warst du schon mal im Fort von Banky und Larry Dunn?«
LJ wußte, daß ich da noch nie gewesen war. »Äh-hm.«
»Ich weiß, wo das ist.«
»Wo denn?«
»Willst du's dir mal ansehen?«
»Spinnst du?«
»Die sind jetzt nicht da, es ist doch Dienstag, da spielen sie immer Ball im Gemeindezentrum.«
»Echt?«
»Naja, wenn du Schiß hast ...«
Ich wußte, daß dieser Wurm an einem Haken steckte, aber ich biß trotzdem an. »Wenn du keinen Schiß hast, dann hab ich auch keinen.«
»Dann los!«
Ich dachte, jetzt würde er seinen Trick versuchen, und deshalb behielt ich LJ genau im Auge, während wir meine Monster wieder in den Kissenbezug steckten. Danach musterte ich heimlich seine Hintertaschen, ich wußte nämlich, daß er die gemopsten Dinos dort oder in seinen Socken stecken hatte. So, wie sich seine Taschen ausbeulten, schien er einen *Tyrannosaurus rex* und einen Trizeratops erwischt zu haben. Ich wußte nicht, wie viele er in den Socken hatte, aber ich fand, das sei kein zu übler Preis für soviel Spaß, wie der Krieg uns gemacht hatte.
LJ redete wie ein Wasserfall. »Die haben sogar Bücher mit nakkichten Frauen! Schon mal eine nackichte Frau gesehen?«
»Ja, schon oft.« Und das stimmte auch. Byron lieh sich von Buphead haufenweise schweinische Zeitschriften aus. Ich wußte aber, daß LJ mir nicht glaubte. Aus irgendeinem Grund glaubt niemand, daß man je ein säuisches Buch anguckt, wenn man als Genie berühmt ist.
LJ sagte: »Du mußt um sieben zu Hause sein, oder?«
»Ja.«

»Okay, dann sollten wir uns auf den Weg machen, sonst wird es zu spät.«
Nachdem ich die Dinos zurück ins Haus geschmuggelt hatte, rannten wir zum geheimen Fort von Banky und Larry Dunn. Erst um neun Uhr abends, als ich im Bett lag, klingelte in meinem Kopf eine Glocke. Ich hatte die ganzen radioaktiven Dinosaurier vergessen!
Ich zog meine Turnschuhe an, schnappte mir meine Taschenlampe, mit der ich sonst im Bett las, kletterte aus dem Fenster und stieg am Baum herab in den Garten. Ich ging zum Schlachtfeld und sah die drei radioaktiven Gräber, aber als ich den Stein des ersten beiseite rollte und ein bißchen herumgrub, fand ich keinen einzigen Dinosaurier, nicht einen einzigen! Auch das zweite Grab war leer. Beim dritten Grab rührte ich den Stein gar nicht erst an, ich setzte mich einfach hin und kam mir blöd vor.
Ich mußte wieder mal an die Sonntagsschule denken. Ich dachte an die Geschichte, wie eine Bande von Engeln den Felsen wegrollte, der vor dem Grab von Jesus lag, damit er dann in den Himmel konnte. Ich glaube, sie haben drei Tage gebraucht, um den Felsen so weit wegzurollen, daß Jesus sich herausquetschen konnte. Meine Dinosaurier hatten keine drei Stunden in ihren Gräbern gelegen, ehe jemand ihre Felsen weggerollt hatte. Vielleicht war es für so einen Engelshaufen einfacher, eine Million Dinosaurier in den Himmel zu holen als den Erlöser der ganzen Welt, aber ich wünschte, sie hätten mir ein paar Stunden länger Zeit gelassen.
Natürlich saugte ich mir nur Entschuldigungen aus den Fingern, um nicht gar zu blöd dazustehen. Ich wußte, wenn ein Detektiv sich diese Steine angesehen hätte, dann hätte er nicht eine einzige Spur von einem einzigen Engel gefunden, aber ich wette eine Million Dollar, daß er auf den Steinen tonnenweise Fingerabdrücke von LJ entdeckt hätte.

Danach habe ich nie mehr mit LJ gespielt. Und deshalb fand ich es okay, jetzt Rufus zu haben. Es war viel angenehmer, daß ich keine Angst mehr haben mußte, mein Kram könnte gestohlen werden, wenn ich mit meinen Freunden zusammen war, und es war auch viel besser, nicht die halbe Zeit herumzustreiten, wer denn nun die Nazi-Dinosaurier sein mußte.

Ich hatte mich auch geirrt, als ich gedacht hatte, daß die anderen uns beide doppelt soviel anmachen würden, wenn Rufus und ich viel zusammen wären. Sie ließen mich in Ruhe und machten sich voll über Rufus her. Das war leicht für sie, er war ein bißchen wie ich, auch bei ihm stimmten zwei Sachen nicht.
Das erste Problem bei Rufus war die Art, wie er redete. Seit er im Bus »Hallo, alle mitnander« gesagt hatte, war er berühmt, und er konnte sich alle Mühe geben, sich anders auszudrücken, die Leute vergaßen das einfach nicht.
Das zweite Problem waren seine Kleider. Die anderen hatten ganz schnell durchgezählt, wie viele Hosen und Hemden Rufus und Cody hatten. Das war nicht schwer: Rufus hatte zwei Hemden und zwei Hosen, und Cody hatte drei Hemden und zwei Hosen. Sie hatten außerdem noch eine Blue Jeans, bei der sie sich abwechselten, manchmal zog Rufus sie an, manchmal krempelte Cody die Beine hoch und erschien darin. Es ist wirklich witzig, wie mies man sich durch eine blöde Blue Jeans fühlen kann, aber mir ging das so.
Wir waren schon seit ein paar Wochen heimlich befreundet, als die anderen wirklich damit loslegten, daß Rufus und Cody nicht haufenweise Klamotten hatten. Eines Tages saßen Rufus und Cody und ich gleich hinter dem Fahrer im Bus, als Larry Dunn neben unserem Sitz auftauchte und sagte: »Landei Cornflake, ich hab gemerkt, daß du und das

kleine Landei euch bei der Hose abwechselt, und ich weiß, freitags bist du an der Reihe, aber ich möchte wissen, ob der, der die Hose kriegt, auch die Unterhose anziehen darf?«
Natürlich grölte und johlte der ganze Bus los. Larry Dunn ging ganz schnell zu seinem Sitz zurück, ehe der Fahrer das Geheimnis erzählen konnte, das er über Larrys Mutter wußte. Ich blickte zu Cody hinüber. Er trug heute die Jeans und stülpte den Hosenbund um, um sich seine Unterhose anzusehen.
Vielleicht lag es daran, daß alle lachten, oder daran, daß Cody so ein komisches Gesicht machte, als er seine Unterhose inspizierte, vielleicht war ich auch froh, weil Larry mich in Ruhe gelassen hatte, jedenfalls prustete ich aus irgendeinem Grund ebenfalls los.
Rufus sah mich an. Seinem Gesicht war nichts anzusehen, aber ich wußte sofort, daß ich was falsch gemacht hatte. Ich versuchte mein Lachen herunterzuschlucken.
Und danach war alles sehr seltsam. Statt in der Schule wie ein Wasserfall auf mich einzureden, drehte Rufus sich auf seinem Stuhl so weit herum, daß ich nur noch seinen Rücken sehen konnte. Er ging auch nicht mit mir auf den Schulhof, und er schien meine Brote nicht mehr zu wollen. Seit Momma Rufus kennengelernt und ich ihr erzählt hatte, daß ich meine Brote mit ihm teilte, gab sie mir immer vier Brote und drei Äpfel mit. Als Rufus und Cody in der Pause nicht zur Schaukel kamen, stellte ich die Tüte mit ihren Broten und ihren Äpfeln auf den Sitz. Die Tüte stand noch immer da, als die Glocke läutete.
Sie setzten sich auch im Bus nicht mehr neben mich, und nachmittags kam Rufus nicht zum Spielen. Als dieser Mist drei oder vier Tage so gegangen war, schmuggelte ich den Kissenbezug mit den Dinosauriern aus dem Haus und ging damit zu Rufus. Ich klopfte an die Tür, und Cody machte auf. Ich dachte, jetzt würde alles in Ordnung kommen, denn Cody

strahlte mich an und sagte: »Hallo, Kenny, willst du zu Rufus?«
»Hallo, Cody!«
»Wart einen Moment.«
Cody schloß die Tür und rannte ins Haus. Eine Minute später stand Rufus in der Tür.
»Hallo, Rufus, ich dachte, du wolltest vielleicht Dinosaurier spielen. Diesmal kannst du die Amerikaner sein.«
Rufus ließ seinen Blick zum Kissenbezug und dann zurück zu mir wandern. »Ich spiel nicht mehr mit dir, Kenny«, sagte er.
»Wieso nicht?« Aber ich wußte es ja.
»Ich dachte, du wärst mein Freund. Ich dachte, du wärst anders als die anderen«, sagte er. »Ich dachte, du wärst anders.« Und dabei hörte er sich nicht wütend an, er klang einfach sehr, sehr traurig. Er zog Cody aus der Türöffnung und schloß die Tür.
Rufus hätte mich auch an einen Baum binden und »Achtung, fertig, Feuer!« sagen können. Ich kam mir vor wie jemand, dem mit einer rostigen Zange alle Zähne gezogen worden sind. Ich hätte gern an seine Tür geklopft und gesagt: »Ich *bin* wirklich anders!«, aber ich war viel zu verlegen, und deshalb trug ich die Dinosaurier wieder nach Hause.
Ich konnte es gar nicht fassen, wie traurig ich war. Komisch, wie sich alles so sehr ändern kann, ohne daß wir es merken. Plötzlich fiel mir ein, wie schrecklich ich immer die Busfahrt gefunden hatte, plötzlich fiel mir ein, daß die Pause allein überhaupt keinen Spaß machte, plötzlich fiel mir ein, daß ich, ehe Rufus nach Flint gekommen war, nur den größten Dinosaurierdieb der Welt zum Freund gehabt hatte, LJ Jones, plötzlich fiel mir ein, daß Rufus und Cody die beiden einzigen auf der ganzen Schule waren (außer Byron und

Joey), die ich nicht automatisch von der Seite her ansah. Einige Tage später sagte Momma, ich solle mich ein bißchen zu ihr in die Küche setzen.
»Was macht denn die Schule?«
»Okay.« Ich wußte, daß sie wissen wollte, was passiert war, und ich hoffte, daß sie nicht lange dazu brauchen würde. Ich wollte ihr so gern erzählen, was ich getan hatte.
»Und wo treibt Rufus sich rum? Den hab ich schon länger nicht mehr gesehen.«
Es war schrecklich peinlich, aber ich brach einfach in Tränen aus, und obwohl ich wußte, daß sie von mir enttäuscht sein würde, erzählte ich Momma, wie sehr ich Rufus verletzt hatte.
»Hast du dich entschuldigt?«
»Irgendwie schon, aber er wollte nicht mit mir reden.«
»Na, laß ihm Zeit, und dann machst du noch einen Versuch.«
»Ja, Momma.«
Als am nächsten Tag nach der Schule der Bus bei Rufus' Haltestelle ankam, stand Momma da. Als Rufus und Cody ausstiegen, sagten sie: »Hallo, Mrs. Watson« und lächelten sie strahlend an. Dann gingen die drei zu Rufus' Haus. Momma legte unterwegs Rufus die Hand auf den Kopf.
Momma sagte nichts, als sie nach Hause kam, und ich fragte sie auch nicht, aber ich behielt die Uhr im Auge. Und genau um halb sechs wurde an die Tür geklopft, und ich wußte, wer es war, und ich wußte, was ich zu tun hatte.
Momma und Joey waren im Wohnzimmer, und als sie das Klopfen hörten, verstummte alles. Rufus und Cody standen vor der Tür und strahlten wie die Honigkuchenpferde. Ich sagte: »Rufus, tut mir leid.«
Er sagte: »Schon gut.«
Ich war aber noch nicht fertig. Ich wollte ihm das wirklich sagen. »Ich *bin* anders.«
Er sagte: »Laß den Scheiß, Kenny, meinst du, das wüßte ich

nicht? Was glaubst du wohl, warum ich hier stehe? Aber vergiß nicht, du hast gesagt, ich bin heute die Amerikaner.«
Im Wohnzimmer kam wieder Leben in die Bude. Ich nehme an, ich hätte Momma sagen müssen, wie froh ich darüber war, daß sie mir geholfen hatte, meinen Freund zurückzugewinnen, aber das war nicht nötig. Ich bin ganz sicher, daß sie das wußte.

Erfrorene Südstaatler

Weil sie in Alabama geboren war, hatte Momma im Grunde keine Ahnung von der Kälte. Obwohl sie seit fünfzehn Jahren in Flint wohnte, dachte sie noch immer, daß kaltes Wetter im Nu tödlich sein könnte. Und deshalb waren Joey und ich die vermummtesten Kinder in der ganzen Schule. An kalten Wintertagen ließ Momma uns nur aus dem Haus, wenn wir mehrere T-Shirts, mehrere Pullover, mehrere Jacken und mehrere Mäntel trugen, und dazu noch riesige Schneehosen, die an Hosenträgern von unseren Schultern hingen, sowie Socken und große, schwarze, glänzende Gummistiefel, die mit fünf Metallschnallen geschlossen wurden.
Wir trugen so viele Klamotten, daß wir kaum noch die Arme krumm machen konnten, wenn wir den letzten Mantel angezogen hatten. Wir trugen so viele Klamotten, daß die anderen Dinge sagten wie: »Hier kommen die komischen Watsons mit ihrer Mumien-Nummer«, natürlich nur, wenn Byron nicht in der Nähe war. Aber das schlimmste war, daß wir den ganzen Kram in der Schule dann wieder ausziehen mußten.
Ich mußte dafür sorgen, daß Joey heil aus ihren Mänteln und Jacken herauskam, deshalb ging ich in den Kindergarten, wenn ich all meinen Müll ausgezogen hatte, und machte mich bei ihrem an die Arbeit.
Joey sah normalerweise aus wie ein kleiner Zombie, wenn ich sie aus ihren Mänteln und Jacken herauspellte. Ihr war so heiß

in dem ganzen Zeug, daß sie vor Schweiß triefte und ziemlich benommen aussah, wenn ich bei der letzten Schicht angekommen war.

Ich zog ihr die Kapuze herunter und wickelte den letzten Schal von ihrem Kopf. Bei diesem letzten Schal gab es immer einen lustigen kleinen Knall, so, als ob Joey ein kleiner Ofen wäre und unter all diesen Klamotten ihr eigenes Parfüm gekocht hätte, das nach Shampoo und Seife und der Pomade roch, die Momma ihr in die Haare strich. Das war das einzige an der ganzen Sache, was mir nichts ausmachte. Ich schnupperte gern an Joeys Kopf herum und roch all diese schönen zusammengekochten Sachen.

Momma steckte immer ein kleines Handtuch in Joeys unterste Jackentasche, damit ich ihr das Gesicht und die Haare abtrocknen konnte.

»Kenny«, sagte sie einmal, als ich ihr den Schweiß von Stirn und Haaren wischte, »kannst du Mommy nicht davon abbringen, daß sie's uns so heiß werden läßt?«

»Ich hab's versucht, Joey. Momma glaubt, daß sie uns so vor der Kälte beschützt.« Ich versuchte gerade, Joeys Schuhe aus ihren Stiefeln zu bugsieren. Wer diese Stiefel erfunden hatte, hätte erschossen werden sollen, denn wenn diese Stiefel erst mal Schuhe zu fassen bekommen hatten, gaben sie sie um nichts in der Welt wieder her. Ich zog alles von Joeys Fuß und reichte ihr den Stiefel, während ich hineingriff und am Schuh zog. Wir zogen und zogen, aber je heftiger wir zogen, um so fester schien der Stiefel den Schuh an sich zu saugen.

»Vielleicht kann Byron uns helfen, wenn wir ihm sagen, wie heiß uns ist.«

Joey war zu jung, um zu begreifen, daß Byron sich wirklich nur für sich selber interessierte. Er war allerdings ganz nett zu ihr und behandelte sie nicht so wie mich und die anderen Kids. Wir zogen und zerrten, und schließlich kam der Schuh zenti-

meterweise zum Vorschein. Schließlich machte er dieses komische Geräusch wie Wasser im Ablauf und glitt aus dem Stiefel. »Pu!« Ich zog Joey wieder ihre Schuhe an und wischte mir mit ihrem Handtuch die Stirn. Ich konnte es gar nicht erwarten, alt genug zu sein, um nicht mehr auf Momma hören zu müssen.
Am nächsten Morgen begrub Momma Joey wieder in den vielen Kleidern. Joey jammerte und klagte wie immer. »Mommy, kann ich nicht nur eine Jacke anziehen, das ist so schrecklich heiß! Und wenn ich diesen ganzen Kram anziehen muß, dann lacht sich der ganze Kindergarten schimmelig.«
Momma hob die Hand, um ihren Mund zu verstecken, aber dann sagte sie ganz ernst: »Joey, ich will nicht, daß die anderen sich schimmelig lachen, aber ich will auch nicht, daß du dich erkältest. Du mußt so dick eingemummelt sein, es ist kälter, als du glaubst. Diese Kälte ist sehr gefährlich, es sind schon ganz viele Leute erfroren.«
Joey schmollte und sagte: »Na, wenn so viele Leute erfrieren, warum sehen wir dann keine Erfrorenen, wenn wir zur Schule gehen?«
Momma starrte Joey warnend an und zog ihr die Kapuze über den Kopf. »Herzchen, tu, was Mommy dir sagt, zu warm ist besser als zu kalt.«
Joey jammerte noch eine Runde, während Momma ihr die Stiefel anzog. Byron und ich gingen nach draußen und warteten auf der Veranda. Er versuchte, lässig auszusehen, aber ich sagte trotzdem: »Mann, ich find's schrecklich, Joey in der Schule diesen ganzen Kram ausziehen zu müssen, sie winselt und weint die ganze Zeit.« Ich stand neben ihm und blickte ihn von der Seite her an.
»Mir scheint, du leidest unter Gedächtnisschwäche. Was glaubst du denn, wer jahrelang diesen ganzen Kram von *deinem* kleinen Hintern abgepellt hat? Und jetzt bist du eben an der Reihe.«

Es überraschte mich, daß er überhaupt etwas sagte, denn Byron fand es cool, gar nicht zu reagieren, wenn ein Jüngerer ihn ansprach. Aber er war nicht wirklich nett. Während ich redete, wanderte er um mich herum; wenn ich ihn von der Seite her ansehen wollte, mußte ich mich also auch drehen. Es muß ausgesehen haben wie irgendein Tanz mit strengen Figuren, bei dem ich mich bewegte, als ob mein einer Fuß am Boden festgenagelt wäre.
»Ja, aber ich hab nicht gewimmert und geweint.«
Byron umkreiste mich weiter und legte sich die Hand hinters Ohr. »Was? Ich weiß, du hast nicht das gesagt, was ich gehört zu haben glaube. Du warst der quengeligste kleine Clown aller Zeiten.«
So, wie Byron um mich herumwuselte, haben wir sicher ausgesehen wie im Wilden Westen, und ich war der Planwagenzug und Byron die Indianer, die kreisten und auf den richtigen Zeitpunkt zum Angriff warteten.
Byron änderte die Richtung, und nun schien mein anderer Fuß am Boden angenagelt zu sein, und ich folgte ihm auf diese Weise seitwärts.
Ich wußte, es hatte keinen Zweck, noch lange weiterzureden, deshalb sagte ich vor allem zu mir selber: »Mann, ich find's trotzdem schrecklich, wie Joey rumjammert, wenn ich ihr in der Schule den ganzen Müll ausziehe.«
»Also, hör zu«, sagte er. »Ich weiß eine Lösung.«
Ich weiß, es ist blöd zu glauben, daß jemand, der uns umkreist, um uns zu ärgern, uns wirklich helfen will, aber trotzdem fragte ich: »Wie denn?«
Er umkreiste mich noch immer. Ich wette, wir sahen wie das Sonnensystem aus, und ich war die Sonne und Byron die mich umkreisende Erde.
»Ich werd mit Joey sprechen. Weißt du, ich werd sie irgendwie beruhigen.«

Das hörte sich nicht besonders toll an, und ich hatte es satt, daß By mich aufzog, deshalb überließ ich die Erde ihrer Kreisbahn. Schließlich kam Joey aus dem Haus, und wir drei machten uns auf den Weg zur Bushaltestelle.
Byron kam sofort zur Sache: »Schwesterchen, ich weiß, du ziehst nicht gern so viele Klamotten an, ja?«
»Genau, Byron, es ist so schrecklich heiß.«
»Ja, weiß ich auch, aber weißt du, es gibt einen guten Grund, warum du den ganzen Kram anziehen mußt.«
»Warum denn? Nur Kenny und ich tragen soviel Müll.«
»Ja, aber was du nicht weißt, ist, daß Momma ganz recht hat, sie will nur nicht, daß ihr jetzt schon den Grund erfahrt. Aber ich weiß ja, daß ihr schon groß und vernünftig seid, und deshalb erzähl ich es euch trotzdem.«
»Okay, schieß los.«
Ich wollte es auch wissen. Obwohl ich schon in der vierten Klasse war, fiel ich ziemlich oft auf Byrons Sprüche herein. Bei ihm hörte sich alles so wichtig und interessant an.
»Alles klar, aber wenn Momma es euch irgendwann doch erzählt, dann müßt ihr sehr überrascht aussehen, abgemacht?«
Joey und ich sagten: »Abgemacht.«
Byron sah sich um, um sich zu vergewissern, daß er keine Zuhörer hatte, dann sagte er. »Ist euch je aufgefallen, daß wir manchmal morgens, wenn wir wach werden, die Müllautos hören können?«
»Ja.«
»Und ist euch aufgefallen, daß ihr diese Müllautos fast nie seht, wenn ihr zur Schule geht?«
»Ja.«
»Und ist euch aufgefallen, wenn ihr doch mal so ein Müllauto seht, daß hinten eine riesige Tür ist, die so auf- und zugeht, daß ihr nicht ins Auto reinschauen könnt?«
»Ja.«

»Und ist euch aufgefallen, daß diese Tür auch für die allergrößte Mülltonne auf der Welt zu groß ist?«
»Ja.«
»Und, Joey, ist dir aufgefallen, wie nervös Momma wurde und daß sie dir keine Antwort gegeben hat, als du gefragt hast, warum wir auf der Straße nie Erfrorene sehen?«
»Ja.«
Byron sah sich um und zog uns ganz dicht zu sich heran.
»Alles klar, und jetzt kommt die Stelle, wo ihr ein verdutztes Gesicht machen müßt, wenn Momma euch davon erzählt, aber ehe ich euch alles erzähle, müßt ihr das üben, damit ich keinen Ärger kriege, weil ich euch schon Bescheid gesagt habe.«
»Ja.«
»Kenny, du zuerst.«
Ich riß Augen und Mund sperrangelweit auf.
»Nicht schlecht, aber du brauchst noch ein Geräusch.«
Ich riß Augen und Mund noch weiter auf und sagte: »Was zum...«
»Perfekt. Schwesterchen, jetzt bist du an der Reihe.«
Joey äffte mich ganz genau nach.
»Das ist gut, aber ich glaube, wir brauchen auch noch Bewegung. Fuchtelt doch mal mit den Armen in der Gegend rum, als ob ihr gerade was wirklich Schockierendes gehört hättet.«
Das taten wir.
»Spitze, und jetzt beide zusammen, dreimal. Los.«
Joey und ich fuchtelten dreimal in der Luft herum, dann sagte Byron: »Hört jetzt genau zu.« Er blickte sich um, um sich zu vergewissern, daß die Luft rein war. »Momma hat ihre gute Gründe dafür, daß ihr so viele Klamotten anziehen müßt, und die hängen mit den riesigen Türen hinten an den Müllautos zusammen, klar?«
Joey und ich nickten, so gut wir das bei den vielen Klamotten konnten.

»Wißt ihr, einige von diesen Autos sind gar keine Müllautos. Joey, du hattest ganz recht, an jedem kalten Morgen wie heute liegen jede Menge tote, erfrorene Leute auf der Straße herum. Manchmal erfrieren sie so schnell, daß sie nicht mal umfallen, sie stehen einfach steifgefroren da.«
Joey glaubte jedes Wort. Ich war mir da nicht so sicher.
»Aber nicht alle erfrieren so leicht, das passiert nur Leuten aus dem Süden, die haben ganz dünnes Blut, deshalb geht das bei ihnen so schnell. Und ihr wißt ja, daß Momma nicht aus Flint ist, sie ist in Alabama aufgewachsen, und das bedeutet, daß euer Blut zur Hälfte ganz dünn ist. Deshalb hat Momma Angst, eines Morgens könnte es so kalt sein, daß auch ihr erfriert. – Und hier kommen diese falschen Müllautos ins Spiel. Jeden Morgen sammeln sie die erfrorenen Leute von der Straße auf, und sie brauchen diese riesigen Türen, weil Erfrorene in der Mitte nicht umgeknickt werden können, deshalb passen sie auch nicht in einen normalen Krankenwagen.«
Joey sah aus wie hypnotisiert. Ihr Mund stand offen, und ihre Augen quollen hervor.
»Aber ihr müßt beide schwören, daß ihr nie, nie versuchen werdet, hinten in so ein Auto reinzuschauen. Ich hab das einmal gemacht, und ich kann euch sagen, es gibt keinen schrecklicheren Anblick als hunderte von toten, erfrorenen Südstaatlern auf einem Haufen. Diesen Anblick werd ich mit ins Grab nehmen. Also, Joey, nicht weinen und jammern, wenn du die ganzen Klamotten anziehen mußt, es würde mir das Herz brechen, wenn meine eigene Familie erfrieren müßte und dann in eins von diesen falschen Müllautos geworden würde.«
Joey fing an zu weinen.
Byron sagte: »Schöne Grüße an die Schule, Professor!« und überließ es mir, Joettas Tränen abzuwischen. Ich muß zugeben, daß Joey danach nicht mehr jammerte, wenn sie ihre Winterkleider anziehen mußte.

Das einzig Gute an Mommas Angst vor der Kälte war, daß wir als einzige an der ganzen Schule echte Lederhandschuhe anziehen durften.
Die meisten anderen hatten billige Plastikhandschuhe, die nach zwei oder drei Schneeballschlachten oder einem richtig kalten Tag kaputtgingen. Manche streiften sich einfach Socken über die Hände, und andere mußten sich die Hände in die Ärmel stopfen. Aber Momma sorgte dafür, daß wir echte Lederhandschuhe mit Kaninchenfellfutter bekamen, und ich will ja nicht protzen, aber wir verbrauchten pro Jahr jeder zwei Paar.
Nach jedem Winter gingen Momma und Dad in die Stadt ins Montgomery Ward, wo es im Schlußverkauf Handschuhe gab, und kauften für uns Kinder sechs Paare. Das einzige Problem, wenn man zwei Paar Handschuhe hatte, war, daß man das zweite Paar im Kindergartenstil tragen mußte, wenn man eins verlor. Das bedeutete, daß Momma eine Schnur durch die Jackenärmel zog und an deren Enden Sicherheitsnadeln befestigte, dann wurden die Handschuhe an den Sicherheitsnadeln festgemacht, und es war unmöglich, die Handschuhe zu verlieren, denn wenn man sie auszog, hingen sie einfach weiter an der Jacke.
Ich leimte Momma dann, um Rufus zu helfen. Eine Zeitlang teilte ich mein erstes Paar Handschuhe mit ihm. Ich behielt den rechten Handschuh, und er bekam den linken, auf diese Weise konnten wir beide an Schneeballschlachten teilnehmen, und Rufus brauchte nicht beide Hände in seine Ärmel zu bohren, sondern ich bohrte eine Hand und er die andere. Eine Weile ging das gut, aber dann überlegte ich mir, ich könnte Momma doch erzählen, ich hätte mein erstes Paar verloren, dann würde sie mir das zweite geben, und Rufus und ich hätten jeder ein ganzes.
Das klappte auch! Momma befestigte das zweite Paar kinder-

gartenmäßig an meinem Mantel und warnte: »Das ist das letzte Paar, Kenny, wenn du das auch noch verlierst, mußt du bis nächstes Jahr ohne Handschuhe auskommen, sei also vorsichtig.« Ich wollte gerade losprusten, als sie mich an den Armen packte, mir voll in die Augen blickte und sagte: »Weißt du, was Erfrierungen dir antun können?«

»Ja, Momma.« Ich machte ein traurige Gesicht, war innerlich aber sehr, sehr froh. Ich gab Rufus den rechten Handschuh, und für eine Woche lang lief alles spitzenmäßig.

Aber dann verschwand mein zweites Paar Handschuhe mit Kindergartenschnur, Sicherheitsnadeln und allem in der Schule aus einem Kleiderschrank.

Rufus lieh mir einen meiner alten Handschuhe, und wir stopften wieder eine Hand in den Ärmel, aber da Rufus jetzt der offizielle Besitzer der Handschuhe war, behielt er den rechten und ich bekam den linken.

Zwei Tage danach hatte Larry Dunn keine Socken mehr an den Händen, sondern echte Lederhandschuhe mit Kaninchenfellfutter. Der einzige Unterschied zwischen meinen alten und Larrys neuen Handschuhen war, daß meine braun gewesen waren und Larrys schwarz.

Rufus und ich stellten das fest, als Larry hinter uns angerannt kam und sagte: »Heute ist Freitag, alle mitnander, Zeit zum Waschen. Wer will als erster an die Reihe? Unser Landei vielleicht? Oder Kenny Schielauge?«

Er ließ uns keine Zeit, uns zu entscheiden, sondern packte mich als ersten. Er sagte zu Rufus: »Wenn du abhaust, während Schielauge gewaschen wird, dann werd ich dich jagen und dich ganz schön fertigmachen, Junge. Das hier dauert nur eine Minute, also bleib schön hier, bis du an der Reihe bist.«

Larry war nicht wie andere Plagegeister; es reichte ihm nicht, dir mit einer Handvoll Schnee das Gesicht einzuseifen

und dann abzuhauen. Larry lieferte das, was er das volle Waschprogramm nannte.
Beim vollen Waschprogramm mußte man alle Waschgänge der Waschmaschine durchmachen, und obwohl bei Larry jeder Waschgang derselbe war, hatte er doch für jeden einen anderen Namen, und die Wäsche war erst beendet, wenn du geschleudert worden warst und überall im Gesicht Schnee kleben hattest.
Seit Larry diese neuen Lederhandschuhe hatte, veranstaltete er ein Super-Waschprogramm, denn seine Hände wurden nicht mehr so schnell kalt, und deshalb konnte er einem viel mehr Schnee ins Gesicht reiben.
Larry zerkratzte mir das Gesicht, und ich weinte schon, noch ehe der erste Spülgang fertig war und er mich endlich losließ. Nachdem er auch Rufus gewaschen hatte, machten wir uns auf den Heimweg, und Rufus sagte: »Mann, der hat deine Handschuhe geklaut.«
Das wußten ja wohl alle. Aber es ließ sich nicht beweisen, und außerdem waren meine alten Handschuhe braun und Larrys neue schwarz. »Hm, meine waren aber braun«, sagte ich.
Rufus bohrte einen Schneeklumpen aus seiner Jacke und sagte: »Guck mal!«
Der Schnee war schwarz verfärbt, wie überhaupt aller Schnee, den ich an meinem Mantel fand. Larry Dunn hatte meine Handschuhe gestohlen und sie dann mit Schuhwichse schwarz gefärbt.
Ich wußte nicht, was ich tun sollte. Früher oder später würde Momma auffallen, daß ich nur einen Handschuh hatte, und seit ich erfahren hatte, daß mein Blut zur Hälfte von der dünnen Südstaatensorte war, fragte ich mich, ob Erfrierungen wirklich so gefährlich für meine Hände sein könnten. Ich konnte nicht anders, ich setzte mich auf den Bordstein und schniefte ein bißchen, und dann heulte ich los. Rufus wußte,

daß das wirklich peinlich war, deshalb setzte er sich neben mich, blickte in die andere Richtung und tat so, als ob er meine Tränen nicht bemerke.

Und deshalb sahen wir nicht, daß By und Buphead auf uns zukamen. Ich starrte schnell den Boden an, damit niemand so leicht sehen konnte, daß ich weinte, und Rufus war zu sehr damit beschäftigt, sich nicht anmerken zu lassen, daß er es wußte.

»Wieso heulst du denn hier rum, du Blödmann?«

Ich machte den Fehler, Byron von meinen Handschuhen und Larry Dunn zu erzählen.

»Wo steckt der jetzt?«

»Seift vor der Schule Leute ein.«

»Dann los!«

Rufus und ich folgten By und Buphead zur Schule. Larry Dunn verpaßte gerade einem aus der Fünften ein Super-Waschprogramm. Byron unterbrach den letzten Spülgang und sagte: »Zeig mal deine Handschuhe.«

Larry Dunn antwortete: »Nix da.«

By packte mit einer Hand Larry Dunns Windjacke und hielt sich die andere vor den Mund.

»Buphead, als ich heute morgen aufgewacht bin, dachte ich, meine Lippen wären voll in Ordnung, und jetzt, wenn ich sie so anfasse, kommt es mir noch immer so vor. Aber wenn meine Lippen in Ordnung sind, wieso macht dieser kleine Idiot dann nicht, was ich ihm sage?«

Buphead zuckte mit den Schultern und sagte: »Vielleicht hört der Junge schlecht.«

»Vielleicht. Vielleicht muß ich es mit Zeichensprache versuchen. Vielleicht muß ich mit ihm reden wie diese Frau im *Wunderheiler*.«

Alle komischen Watsons hatten diese Fernsehserie zusammen gesehen, aber darin wurde mit Tauben ganz anders gespro-

chen, als Byron es jetzt bei Larry Dunn versuchte. Byrons Zeichensprache bestand einfach nur darin, daß er losbrüllte und Larry nach jedem Wort eine scheuerte.
»Zeig!« *Flatsch.* »Mal!« *Flatsch.* »Deine!« *Flatsch.* »Hand!« *Flatsch.* »Schuhe!« *Flatsch.* »Du!« *Flatsch.* »Kleiner!« *Flatsch.* »Idiot!« *Flatschatschatsch!*
Das mußte Larry Dunn doch umbringen.
Larry weinte nicht oder so, er starrte By nur an und sagte: »Nix da.«
Er hörte sich ganz schön stark an, aber er wehrte sich nicht, als Byron ihm die Handschuhe von den Händen riß.
Die Innenseite der Handschuhe war braun, die Außenseite schwarz. Byron warf mir die Handschuhe zu. »Hier, Kenny.«
»Danke, By.« Ich wäre jetzt zufrieden gewesen, aber Byron war noch nicht fertig.
»Komm mal her, Kenny.«
Ich ging zu Byron, der noch immer den Kragen von Larrys dünner kleiner Windjacke in der Faust hatte.
»Hau ihm eine rein«, sagte Byron.
Ich boxte Larry Dunn gegen den Arm.
»Ich sag dir das nur noch einmal. Härter!«
Ich schlug ein bißchen härter zu. Ich hoffte, daß Larry sich jetzt zusammenkrümmen und ein Mordsgeschrei anstellen würde, als ob ich ihn umgebracht hätte, aber er stand nur da und versuchte lässig auszusehen.
Byron hielt Wort und sagte es mir nur noch einmal; als ich Larry dann noch immer nicht hart genug schlug, boxte By mir in den Bauch. Hart! Ich spürte das zwar nicht, weil ich die vielen Jacken und Pullover und Mäntel anhatte, aber ich war nicht so blöd wie Larry und stellte mich an, als ob Sugar Ray Robinson mir eine verpaßt hätte, taumelte herum, ging dann in die Knie und preßte mir die Hände gegen den Bauch. Ich sagte: »*Ugggh!*«

Inzwischen hatten sich schon einige Kids um uns geschart, und Byron hielt eine Sondernummer für angesagt.
Ich weiß nicht, warum Macker immer soviel Sinn für Humor haben, aber den haben sie nun mal. Wenn man nicht gerade in der Maschine steckte, fand man sicher auch Larry Dunns Vollwaschprogramm witzig. Und wenn nicht gerade die eigene Jacke von Byrons Faust zusammengeknüllt wurde, während sich die Leute um einen scharten, war sicher auch By tierisch komisch.
Ich wußte, daß Byron mir jetzt nicht mehr helfen wollte. Jetzt wollte er nur noch gemein sein.
»Also, also, also, Mr. Dunn«, sagte By. »Heute ist wirklich Ihr Glückstag.«
By zerrte Larry zum Maschendrahtzaun, der die ganze Schule umgab.
»Möchtest du wissen, wieso du heute Glück hast?«
Larry Dunn schwieg, deshalb packte Byron seine Haare und riß seinen Kopf einige Male hoch. »Ich nehm an, das heißt ja.«
Immer mehr Leute sammelten sich um uns, und alle schienen das, was jetzt abging, toll zu finden. Nicht, weil sie sehen wollten, wie Larry Dunn fertiggemacht wurde; ihnen reichte es, daß überhaupt irgendwer fertiggemacht wurde, und bei mir oder Rufus oder irgendwem sonst wären sie genauso zufrieden gewesen.
»Also, heute ist dein Glückstag, weil ich einen neuen Film drehen werde, und stell dir vor, du bist der Star!«
Byron riß Larrys Arme dreimal hoch. Larry Dunn war ganz schön hart im Nehmen! Nicht nur, weil er nicht weinte, als Larry ihn fertigmachte. Als Byron ihm nämlich die Arme über den Kopf hochriß, konnten wir alle sehen, daß Larrys dünne kleine Windjacke unter den Armen zerrissen war und daß er darunter nur ein T-Shirt anhatte. Man muß ganz schön zäh sein, um an einem so kalten Tag mit so dünnen Klamotten den Leuten das volle Waschprogramm zu verpassen!

»Hmmm, ich nehme an, das heißt, du bist außer dir vor Begeisterung, weil du mitspielen darfst. Schön«, sagte By. »Aber ich hab noch bessere Nachrichten für dich.«
By zog Larry an den Haaren hoch und ließ ihn fallen. Larry landete auf dem Hintern.
Jemand rief: »Seht euch die Schuhe an!« Die Leute gackerten los.
Larry Dunnes Turnschuhe hatten Löcher in den Sohlen, und er hatte die Löcher von innen mit Pappe zugedeckt.
Byron zerrte ihn wieder auf die Füße.
»Seht euch das an: Er ist so aufgeregt, daß er in meinem Film mitmachen darf, daß er vor Freude tanzt! Willst du nicht mal wissen, wovon der Streifen handelt?«
Larrys Kopf wurde wieder hochgezerrt und fallengelassen.
»Okay, er heißt *Die große Karpfenflucht.*«
Ich fand es schrecklich, das mitanzusehen. Byron war der einzige Mensch auf der Welt, der in mir Mitleid für einen Kotzbrocken wie Larry Dunn erwecken konnte.
Die große Karpfenflucht handelte von einem Karpfen, der versuchte, im Flint River aus einem Fischernetz zu entkommen. Der blöde Fisch schwamm gegen das Netz, wurde zurückgeschleudert, rappelte sich wieder auf und bretterte wieder gegen das Netz.
Da er der Star war, mußte Larry Dunn den Karpfen spielen, und der Zaun um die Schule war das Netz. Der Filmregisseur, Byron, war mit den Aufnahmen nie zufrieden und ließ den Karpfen die Szene immer noch mal wiederholen.
»Zeig uns diesmal mehr Schuppen, Karpfen«, sagte Byron und gab Larry einen Stoß. Weil Turnschuhe auf Eis keine Halt finden, knallte Larry hart gegen den Zaun und hatte keinen Einfluß darauf, mit welchem Körperteil er aufprallte. Ich wußte, es mußte schrecklich weh tun, sich mit bloßen Händen am Zaun abzustützen, sogar ohne Socken, aber Larry Dunn war

einfach total zäh, seine Nase blutete schon, und er weinte noch immer nicht.

Ich wünschte, ich hätte Byron nichts erzählt, ich wünschte, ich hätte einfach für den Rest des Jahres mit einem Handschuh leben können. Ich wollte das Ende des Films nicht mehr miterleben, und deshalb gingen Rufus und ich.

Ich konnte noch einen halben Block weiter das Netz klirren hören, wenn der Karpfen dagegengeschleudert wurde, und ich hörte auch das Geschrei und Gelächter der Zuschauer.

Nazifallschirme greifen Amerika an und werden über dem Flint River von Captain Byron Watson und seinem Flammenwerfer des Todes abgeschossen

Byron wurde wieder mit brennenden Streichhölzern erwischt, und diesmal schien Momma das tun zu wollen, was sie schon so oft angekündigt hatte. Aber da brach Joetta in Tränen aus und flehte um Gnade für Byron, und Momma ließ ihn noch mal davonkommen. Sie schwor ihm nur, daß sie ihn verbrennen würde, wenn sie ihn noch einmal beim Zündeln erwischte. Sie erzählte uns immer die alte Geschichte von damals, als sie ein kleines Mädchen war und es bei ihnen gebrannt hatte und sie und ihre Brüder noch zwei Jahre später Klamotten tragen mußten, die nach Rauch stanken. Obwohl Momma und Joey von dieser Geschichte ganz traurig wurden und losheulten, fanden By und ich sie witzig. Wir hatten sie schon so oft gehört, daß Byron ihr sogar einen Namen gegeben hatte. Er nannte sie »Mommas Smokey-der-Bär-Geschichte.«
»Ich will nicht, daß du diese Familie in Gefahr bringst. Noch einmal, Byron Watson, ein einziges Mal, dann brennst *du*.« Und um Byron zu zeigen, wie ernst sie das meinte, hob Momma die rechte Hand und sagte: »Das schwöre ich, und Gott ist mein Zeuge.«
By bekam einen Monat Hausarrest verpaßt, aber schon in der ersten Woche fing er wieder an.

Ich sah mir gerade Comics an, als ich hörte, daß Byron ins Badezimmer ging und die Tür abschloß. Ich wußte, daß da was nicht stimmte, er schloß die Tür nämlich nur ab, wenn er was zu verbergen hatte.
Ich schlich mich zur Badezimmertür und spinxte durchs Schlüsselloch. By spielte, daß er gerade einen Film drehte mit dem schönen Titel *Nazifallschirme greifen Amerika an und werden über dem Flint River von Captain Byron Watson und seinem Flammenwerfer des Todes abgeschossen.*
Ich konnte sehen, daß er sich aus Toilettenpapier kleine Fallschirme gemacht hatte, und als er dann »Los!« rief, steckte er einen an und ließ ihn über der Toilette fallen. Der Typ mit dem Nazifallschirm schrie, als er brennend nach unten fiel und mit lautem Zischen im Wasser landete. Noch ehe der Fallschirmspringer tot war, zog By ab, und der Nazi versank mit einem *Gluck, gluck, gluck* im Wasser.
Als das Wasser den Nazi wegspülte, sagte Byron den einzigen Nazisatz, den er wußte: »Jafohl main Füler, auf Fiedersähn.«
Durchs Schlüsselloch konnte ich sehen, daß Byron vor dem Fallschirm salutierte, während er abzog. »So ein tapferer Soldat verdient unsere Achtung«, sagte er, »und deshalb werden wir ihn auf See bestatten.«
Die Toilette hörte auf zu gurgeln, und Byron sagte: »Nicht schlecht, aber wie wär's mit einem bißchen mehr Geschrei auf dem Weg nach unten, und warum drehen wir den Flammenwerfer des Todes nicht ein bißchen weiter auf?«
Er nahm sich einen neuen Toilettenpapierfallschirm, zündete zwei Streichhölzer auf einmal an, steckte den Fallschirm in Brand, brüllte: »Die zweite!« und ließ den nächsten Nazi schreiend in die Toilette fallen. Byron war bei der siebten Aufnahme, als Momma endlich wissen wollte, warum die Toilette dauernd abgezogen wurde. Sie kam nach oben, um nachzusehen, was hier ablief. Das ganze Obergeschoß roch wie ein

riesiges Streichholz, und sie wußte, noch ehe sie die oberste Stufe erreicht hatte, daß hier was nicht stimmte.
Sie kam so schnell und so leise, daß ich noch immer am Schlüsselloch klebte, als sie den Flur betrat. Ich blickte auf, und da war sie.
»Momma, ich ...«
Ich wußte, ich würde noch zu spüren bekommen, daß ich Byron nicht verpfiffen hatte, aber ehe ich noch irgend etwas sagen konnte, stieß Momma mich beiseite und knallte ihre Schulter an die Badezimmertür wie Eliot Ness, der Bulle aus der Fernsehserie *Die Unbestechlichen.*
Die Tür gab nach und haute gegen die Badewanne, Byron fuhr herum und schrie auf, Nazi Nummer Sieben landete zischend im Wasser, und Byron hob die Hände und sagte: »Momma, ich...« Momma packte ihn im Genick, hob nur kurz die Streichhölzer auf, die Byron runtergefallen waren, dann zog sie ihn die Treppe hinunter.
Ich konnte sehen, daß Momma mich total vergessen hatte, deshalb schlich ich hinterher. Byrons Füße berührten unterwegs nur ein- oder zweimal die Treppe. Er sah wie eine von diesen Ballerinas aus, die nur auf Zehenspitzen tanzen. Momma umklammerte seinen Hals wie einen Baseballschläger und hielt ihn hoch. Ich hatte nie gewußt, daß Momma so stark war.
Sie tanzten ins Wohnzimmer, und Joey sah sofort ziemlich nervös aus. Sie kam auf mich zugestürzt und schmiegte sich an mich.
Momma kniff die Augen zusammen, und ihre Augäpfel jagten hin und her. Es war fast zu schrecklich, um überhaupt hinzusehen, aber ich tat es trotzdem, weil ich wußte, daß jetzt wirklich die Hölle los sein würde! Joey packte meinen Arm und fragte: »Was ist los, was hat er gemacht?« Sie hatte richtige Angst, denn auch sie hatte Momma noch nie so wütend gesehen.
Byron tat mir irgendwie leid, weil Momma seinen Hals nicht

losließ und weil wir sehen konnten, daß er sich genauso fürchtete wie Joetta und ich, obwohl er doch viel älter war. Er spielte aber noch immer den coolen Macker, und wir konnten nur seinen Augen ansehen, daß er eine Sterbensangst hatte.
Momma hielt Byrons Hals noch immer fest, sie stieß ihn aufs Sofa und blieb vor ihm stehen. Sie öffnete die Faust, die Byron nicht gewürgt hatte, und betrachtete die Streichhölzer, die sie vom Badezimmerboden aufgelesen hatte.
Während die eine Hand Byron gewürgt hatte, hatte die andere die Streichhölzer erledigt. Die waren triefnaß, weil Momma immer eklig verschwitzte Hände kriegte, wenn sie Angst hatte oder nervös war.
Mommas Stimme klang seltsam, sie zischte wie eine Schlange.
»Joetta, geh in die Küche und hol mir ein Streichholzheftchen.«
»Aber Mommy ...«, sagte Joey mit tränenerstickter Stimme.
»Joetta, tu, was ich dir sage!«
»Mommy, ich kann nicht ...« Jetzt kamen wirklich die Tränen, und Joey drückte meinen Arm zusammen.
»Joetta, nun hol endlich die Streichhölzer!«
»Bitte, Mommy, er tut es doch nicht wieder, oder, Byron? Versprich es ihr, versprich Mommy, daß du's nicht wieder tust.«
»Kenneth!« Jetzt kam ich an die Reihe. »Geh Streichhölzer holen!«
Davor hatte ich Angst gehabt. Wenn ich keine Streichhölzer holte, dann würde ich noch schlimmeren Ärger bekommen, als ich ohnehin zu erwarten hatte, und wenn ich es tat, dann würde Byron mich sofort nach seiner Entlassung aus dem Krankenhaus umbringen.
»Momma, ich ...«
»Beweg dich, junger Mann!«
»Momma, Moment mal, ich kann nicht, Joey hält meinen Arm fest, und wenn ich mich bewege ...«
Momma zeigte auf Byron und sagte: »Beweg auch nicht einen

einzigen Muskel!« Wir wußten alle, daß Momma supersauer war, weil sie jetzt wieder ihren Südstaatenakzent hatte.
Byron nickte, und Momma ließ seinen Hals los und stürmte in die Küche.
Der alte coole Macker hatte noch immer Glubschaugen, und als Mommas Hand seinen Hals losließ, hoben sich seine eigenen Hände und versuchten nun selber, ihn zu erwürgen.
»O Byron, mach lieber, daß du hier wegkommst, geh zu Buphead, bis Dad nach Hause kommt, der schlägt dich wahrscheinlich zusammen, aber Momma will dich verbrennen!« sagte ich ihm.
»Bitte, Byron, los! Mach, daß du wegkommst!« Joey ließ meinen Arm los und rannte zu Byron hinüber und versuchte seine Finger von seinem Hals zu lösen. »Siehst du denn nicht, daß sie das ernst meint?«
Joey zerrte weiter an seiner Hand, aber Byron war wie hypnotisiert und bewegte sich nicht.
Wir wären allesamt fast an die Decke gegangen, als die Schlangenfrauenstimme wieder im Zimmer zu hören war und sagte: »Joetta, laß ihn los!«
Momma hatte in der einen Hand ein Stück Küchenpapier, einen Topf Vaseline und ein Pflaster, und in der anderen ein neues, trockenes Streichholzheftchen.
Sie wollte ihn nicht mal ins Krankenhaus bringen! Sie wollte ihn anzünden und dann zu Hause wieder zusammenflicken.
Joetta sah die Vaseline und rastete aus.
»Nein, bitte, Mommy, Daddy soll ihn verprügeln, bitte, bitte!« Joey zerrte an ihren Zöpfen und stampfte mit den Füßen auf. »Bitte, steck ihn nicht an!«
Ihr Gesicht war tränennaß und verzerrt, und sie sah wirklich total behämmert aus.
Es war wirklich nicht leicht, aber irgendwie tat Byron mir leid, wenn auch nicht zu sehr, denn ich wußte, daß er jede Strafe

verdient hatte, einmal, weil er eine Fluchtmöglichkeit gehabt und sie nicht ausgenutzt hatte, und dann auch noch, weil er einen schlechten Einfluß auf mich ausübte. *Nazifallschirme greifen Amerika an und werden über dem Flint River von Captain Byron Watson und seinem Flammenwerfer des Todes abgeschossen* kam auch mir wie ein Spitzenfilm vor. Wenn Momma Byron einfach irgendeine öde Strafe verpaßte, dann würde ich vielleicht selber auch ein paar Nazis ins Klo werfen. Aber wenn man deshalb angezündet werden konnte, lohnte der Film die Mühe denn doch nicht.
Während Byron mir also leidtat, weil ihm Schlimmes bevorstand, wollte ich doch auch sehen, ob Momma ihr Wort halten würde. Außerdem fragte ich mich, welchen Teil von ihm sie denn wohl verbrennen wollte. Sein Gesicht? Seine Haare? Vielleicht wollte sie ihm bloß Angst einjagen und seine Klamotten anzünden, während er noch darin steckte. Aber wenn sie nur seine Klamotten verbrennen wollte, wozu brauchte sie dann die Vaseline? Ich wußte, daß Momma Haut wollte!
»Joetta, weg da!« Mommas Stimme hörte sich noch immer fremd an.
Joey streckte die Arme zur Seite aus wie ein Verkehrspolizist und trat zwischen Momma und Byron.
»Nein, Mommy, warte ...«
Momma schob Joey sanft beiseite, aber Joetta kam immer wieder mit ausgebreiteten Armen an, um den coolen Macker zu beschützen.
So tobten sie einige Male hin und her, dann legte Momma ihre ganzen Brandutensilien beiseite, setzte sich auf den Tisch und zog Joey auf ihren Schoß.
Sie wischte Joey mit dem Küchenpapier ihre blöden Tränen ab, wiegte sie hin und her und sagte immer wieder: »Pst, Herzchen, pst.«
Als Joey schließlich aufhörte zu weinen und sich die Nase

putzte, sagte Momma: »Liebes, ich bin stolz auf dich, ich weiß, daß du deinen Bruder beschützen willst, und das ist richtig so. Ich weiß, du willst nicht, daß ihm was passiert, oder?«
Joey schniefte und sagte: »Nein, Mommy.«
»Aber Herzchen, manchmal muß Momma Dinge tun, die sie gar nicht tun will. Du glaubst doch wohl nicht, ich wollte Byron weh tun, oder?«
Joey mußte sich das überlegen; die Streichhölzer und der Erste-Hilfe-Kram und Mommas verrückter Blick wirkten eher so, als ob Momma große Lust hätte, Byron weh zu tun. Da Joey stumm blieb, mußte Momma die Frage selber beantworten. »Nein, Liebchen, Momma will Byron nicht weh tun, aber ich will auch nicht, daß ihr in der Schule nach Rauch stinkt, und ich will auch nicht, daß du oder Kenneth oder Blackie oder Tiger oder Flipper oder Flapper verbrannt werden. Und wenn dieser Junge...« Nun hörte Mommas Stimme sich wieder fremd an, und wir alle starrten zu Byron hinüber, der immer noch von seinen eigenen Händen auf dem Sofa festgehalten wurde. »...wenn dieser Junge mit seinem Unfug das Haus in Brand steckt, dann weiß ich nicht, was ich tue.« Jetzt war Mommas echte Stimme wieder da. »Also, Joetta, jetzt begreifst du doch sicher, daß Momma Byron klarmachen muß, wie gefährlich und schmerzhaft Feuer sein kann? Du weißt doch, daß wir alles versucht haben und daß nun mal nichts in seinen Dickschädel hinein will?«
Joetta stellte sich vor, wie ihre blöde Katze und die doofen Goldfische verbrannten, und blickte Byron ziemlich streng an. »Aber sieh ihn dir doch an, Mommy, er hat diesmal wirklich echte Angst, vielleicht wird er jetzt...«
»Joetta, so große Angst hat er nun auch wieder nicht. Noch nicht.« Und dann ließ Momma die Bombe auf Joey fallen: »Außerdem, weißt du denn nicht mehr, Herzchen? Weißt du

nicht mehr, daß ich letzte Woche, als dasselbe passiert ist, bei Gott geschworen habe, Byron zu verbrennen, wenn er es noch einmal macht? Was meinst du, meinst du wirklich, ich sollte das Wort brechen, das ich Gott gegeben habe?«
Joey war in dem Alter, wo man richtig fromm ist. Sie ging dreimal die Woche in die Sonntagsschule.
»Sag, Liebchen, soll ich mein Wort brechen?«
»Nein, Mommy«, sagte Joey. Dann verzog sie ihr Gesicht, als ob sie in was Saures gebissen hätte und heulte: »Wenn du's versprochen hast, mußt du's wohl tun!« Sie holte tief Luft, dann schluchzte sie: »Na los, laß ihn doch abbrennen!«
Joey stieg von Mommas Schoß, und Byrons Augen wurden immer größer, aber seine verräterischen Hände fesselten ihn weiter an die Couch.
»Aber bitte, Momma, verbrenn ihn nicht zu sehr, ja, bitte, bitte?« Joey heulte wieder los.
»Keine Angst, Herzchen, das mach ich nicht. Ich will nur seine Finger so weit verbrennen, daß er sich nie wieder von Feuer in Versuchung führen läßt.«
Das wirkte wie ein Zauberspruch; Byron wurde aus dem Bann gerissen, mit dem Momma ihn belegt hatte. Seine Hände schienen zu sagen: »Finger? Hat sie da was von Finger verbrennen gesagt?« Und als ihnen aufging, daß *sie* hier verbrannt werden sollten, ließen sie Byrons Hals los und fanden wie sein restlicher Körper, daß er lieber bei Buphead warten sollte, bis Daddy nach Hause kam.
Byron war schnell.
Momma war schneller.
Er hatte noch nicht mal die Wohnzimmertür erreicht, als Momma ihn auch schon erwischt hatte. Momma ist wirklich die tolle Athletin.
Sie setzte sich auf seine Brust und sagte: »Diesmal nicht, Kumpel, diesmal bezahlst du.« Sie sagte: »Kum-päll.«

Byron zappelte noch kurz, und dann passierte etwas, was ich bisher nur ganz selten erlebt hatte. Er fing an zu weinen.
Momma zündete ein Streichholz an, packte Byrons Handgelenk und sagte: »Streck den Finger aus!«
Ich konnte es nicht fassen! Byrons Finger war sofort kerzengerade! Er war wieder total hypnotisiert!
Mommas schreckliche Schlangenfrauenstimme war wieder da und sagte: »Wenn du jemals wieder...« Das Streichholz rückte immer näher an Byrons mageren braunen Finger heran. »...mit Streichhölzern spielst oder in diesem Haus auch nur...« Byrons Hand zitterte, und er weinte wie ein Riesenbaby, streckte aber weiterhin den Finger aus. »...ein Streichholz ansiehst...« Das Streichholz kam immer näher, und ich wußte, daß Byron die Hitze spürte. »...dann werd ich dir höchstpersönlich...« Es war jetzt so nahe, daß ich glaubte, hören zu können, wie der Schweiß an Byrons Finger sich in Dampf verwandelte und aufzischte. »...nicht nur einen Finger verbrennen. Dann verbrenn ich dir deine ganze Hand und steck dich in ein Erziehungsheim.«
Byron schloß die Augen und schrie. Und als das Feuer ihn gerade so richtig rösten wollte, jagte Joetta durch das Zimmer, hörte sich an wie die kleine Lokomotive aus ihrem Lieblingsbilderbuch und blies das Feuer aus, ehe es Byron erwischt hatte! Sie glaubte aber, es nicht geschafft zu haben, denn sie pustete und schnaufte und blies noch immer auf das Streichholz ein, als es längst ausgegangen war. Mommas Hand, Byrons Finger und das Streichholz waren bedeckt mit Joeys Rotz.
»Herzchen, wir hatten eine Abmachung, oder nicht?«
»Ja, Mommy.« Joey schlug die Augen nieder und sagte: »Aber ich dachte, du hättest ihn schon verbrannt.«
»Noch nicht, Liebes, aber jetzt ist es soweit.«
Viermal zündete Momma noch ein Streichholz an, und vier-

mal pustete Joey es aus. Schließlich hatte Momma den ganzen Rotz auf ihrer Hand satt und gab auf.
Am Abend bekam Byron es dann noch mit Dad zu tun. Das war auch nicht gerade ein Picknick, aber es war doch ein viel besserer Schluß für seinen Nazifallschirm-Film als *Captain Byron Watson gerät in Gefangenschaft und wird von der bösen Schlangenfrau mit seinem eigenen Flammenwerfer des Todes bei lebendigem Leibe verbrannt.*

Schwedenkekse und Fürsorgekäse

Momma steckte ihren Kopf ins Wohnzimmer und sagte: »Byron, geh du mit Kenny zu Mitchell und kauf Milch, ein Brot und eine Dose Tomatenpüree fürs Abendessen.« Sie schwenkte einen kleinen Zettel, auf dem sie alles notiert hatte.
»Wieso kann Kenny das nicht allein?«
»Byron, ich brauche zwei Liter Milch, ein Brot und eine kleine Dose Tomatenpüree.«
Wenn wir Momma fragten, warum wir was tun sollten, und sie keine Lust hatte, das zu erklären, dann wiederholte sie sich einfach. Sie schnitt gerade Zwiebeln für die Spaghettisoße, und ich nehme an, weil sie so weinte, wollte sie nicht reden. Wenn wir blöd genug waren, dieselbe Frage zweimal zu stellen, dann kam von Momma die lauteste Stimme der Welt. Wenn wir total durchdrehen und dieselbe Frage ein drittes Mal brachten, hätten wir uns auch gleich an einen Baum binden und »Achtung, fertig, Feuer!« rufen können. Byron sah das ein, rutschte vom Sofa, ging zum Fernseher und drückte auf die »Aus«-Taste. Ich wußte, der Spaziergang zu Mitchell würde kein Zuckerschlecken werden. Wir gingen in die Küche.
»Her mit dem Zaster.«
»Ihr könnt anschreiben lassen.«
»Wir können was?«

»Sagt Mr. Mitchell einfach, daß ihr es anschreiben lassen wollt.« Momma hackte weiter auf die Zwiebeln ein.
»Was, wir sollen einfach in den Laden gehen und Mr. Mitchell sagen, daß wir das Essen anschreiben lassen wollen?«
»Dein Daddy und ich haben das am letzten Wochenende so abgemacht, Byron. Mr. Mitchell läßt uns bis zum Zahltag die Lebensmittel anschreiben. Das machen viele so. Zwei Liter Milch, ein Brot und eine kleine Dose Tomatenpüree.« Momma hackte noch etwas heftiger auf den Zwiebeln herum.
»Ich soll ihm also kein Geld geben?«
Hack, hack, hack.
Plötzlich sah Byron aus, als ob in seinem Kopf eine Glocke geklingelt hätte. »Moment mal! Ich weiß, was das heißt – wir leben von der Fürsorge, stimmt's?«
Ich hielt den Atem an. Wenn das stimmte, daß wir von der Fürsorge lebten, dann konnte ich mich auf ziemliche Schikanen gefaßt machen.
»Nein. Tun wir nicht.«
»Ich kann's nicht fassen! Willst du in diesem Haus wirklich Wohlfahrtsessen servieren? Soll ich mich wirklich in aller Öffentlichkeit blamieren und wie ein blöder Peon im Laden eine Fürsorgeliste unterschreiben?«
Ich nehme an, Byron hatte nicht mitgezählt, wie oft Momma sich schon wiederholt hatte. Sie knallte das Messer auf den Küchentisch und ging voll auf Byron los.
»Hör zu, du Großkotz, wenn du's unbedingt wissen willst, Lebensmittel sind Lebensmittel. Du hast in diesem Haus schon Wohlfahrtsessen bekommen, und wenn es sein muß, bekommst du's wieder. Komm mir nicht mit diesem Unsinn. Ich hab dir schon gesagt, daß das hier kein Wohlfahrtsessen ist. Du hast ungefähr fünf Sekunden, um diese Tür hinter dir zuzuziehen. Kenny, beweg dich!«

By schmollte und rannte fast zu Mitchell, und ich mußte die Beine in die Hand nehmen, um mit ihm Schritt zu halten.
Er sagte nichts, als wir den Kram zusammensuchten, den Momma haben wollte. Dann ließ er die Bombe auf mich fallen: »Du stellst dich schon mal vor der Kasse an. Ich guck mir nur kurz die Comics an. Wenn du vorne bist, komm ich ganz schnell und sag denen, wie wir bezahlen.«
O Mann! Ich wußte, was das bedeutete. By hatte eine Möglichkeit gefunden, sich nicht zu blamieren. Er wollte sich verstecken, bis unsere Einkäufe angeschrieben waren, und ich würde derjenige sein, der sich blamierte. Ich konnte auch nichts dagegen sagen, deshalb fing ich jetzt an zu schmollen.
Byron verschwand hinter dem Comic-Regal.
»Hallo, Kenny.«
»Hallo, Mr. Mitchell!«
»Ist das alles, was ihr braucht?«
»Mhm.«
Er tippte die Preise in die Kasse ein.
»Das macht einen Dollar und dreiundzwanzig Cents.«
Ich sah, wie By um die Comics herumlugte.
»Äh, das muß auf die Fürsorgeliste«, sagte ich ziemlich leise.
Mr. Mitchell blickte auf. »Auf was?«
Ich sagte ganz leise, so daß nur Mr. Mitchell es hören konnte: »Wir haben gerade gehört, daß wir von der Fürsorge leben, und wir müssen unsere Einkäufe auf die Fürsorgeliste schreiben.«
Mr. Mitchell lachte. »Kenny, das ist keine Fürsorgeliste, das bedeutet bloß, daß euer Daddy alles auf einmal bezahlt und nicht mehrmals pro Woche.«
»Echt?«
Mr. Mitchell langte unter den Tresen und öffnete eine kleine braune Schachtel. Er zog einen Stapel gelber Karten hervor, und ich sah, daß oben auf einer »Watson« stand. Er schrieb

»$ 1,23« in die erste Zeile und sagte: »Hier unterschreiben!«, dann zeigte er auf die Stelle neben den »$ 1,23«. Ich schrieb »Kenneth Watson« und gab ihm den Kugelschreiber zurück.
»Das ist alles?«
»Das ist alles.« Er steckte meine Einkäufe in eine braune Papiertüte und reichte sie mir.
»Wiedersehen, Mr. Mitchell!«
In der Sekunde, in der ich den Laden verließ, stand Byron neben mir, und er war viel besser gelaunt als vorhin.
»Mensch, ich glaub's nicht! Wir konnten gerade einen Sack voll Gratisessen kriegen, und wir haben nur blöde Milch, ein Brot und eine Dose Tomatenpüree genommen!«
Byrons gute Laune griff nun auch auf mich über. Er lächelte und legte mir sogar den Arm um die Schulter. Ich konnte nicht dagegen an, ich kam mir so erwachsen vor, wie Byron auf diese Weise neben mir herging, und deshalb lachte ich mit ihm mit. Er war jetzt soviel besser gelaunt, daß er sogar die Tüte mit den Einkäufen trug. Meistens ließ Byron mich die Tüten aus Mitchells Laden bis zu unserer Veranda tragen. Dann nahm er sie mir ab, damit Momma dachte, er habe sie die ganze Zeit gehabt. Aber jetzt übernahm er sie schon vier Blocks von zu Hause weg.
»Das ist einfach zu stark, du brauchst bloß diese blöde Karte zu unterschreiben, und dieser Idiot Mitchell gibt dir alles, was du willst! Einfach zu stark!«
Jetzt, wo Byron glücklich war, hätte ich ihm gern zwei Fragen gestellt. Erstens hatte er ein Wort benutzt, das ich noch nie gehört hatte, und da er es vor Mommas Ohren gesagt hatte, wußte ich, daß es kein Fluch war. Als er mir den Arm um die Schultern legte, dachte ich, ich könnte ihm vielleicht eine richtige Antwort entlocken.
»Byron, was ist ein Peon?«
»Ein Peon? Hast du nicht *Die glorreichen Sieben* gesehen? Die

Peons waren die ganz Armen, so arm, daß die Reichen sie angepißt haben, weil sie sie so verachteten.«
Ich wußte, das mußte eine Lüge sein, sonst hätten sie doch »Piß-on« heißen müssen. Man konnte sich ganz schön viel Ärger einhandeln, wenn man By auch nur die Hälfte glaubte. Aber trotzdem stellte ich auch meine zweite Frage: »Was war wohl das Wohlfahrtsessen, von dem Momma gesprochen hat?« Ich wünschte gleich, ich hätte das nicht gefragt, denn schon war er wieder schlecht gelaunt.
Er nahm den Arm von meiner Schulter und sagte: »Das weiß ich genau.« Jetzt gab er mir auch wieder die Tüte.
»Weißt du nicht mehr, wie Daddy manchmal morgens heimlich in die Küche gegangen ist, und wenn er wieder rauskam, stand da eine große Kanne Milch? Hast du dich nie gefragt, woher diese Milch gekommen ist? Hast du bei Dad vielleicht mal Euter entdeckt? Diese Milch kam aus einem von diesen großen braunen Kartons, die ganz oben im Regal stehen, purer reiner Wohlfahrtsfraß. Und kannst du dich nicht mehr an diesen Käse erinnern? Wer hat denn je von Käse gehört, der so groß ist wie ein ganzes Brot? Hast du mal versucht, so ein Dings aufzuheben? Richtigen Käse kriegst du in Stücken oder Scheiben, nicht als blöden Klotz, der vierzig Pfund wiegt. Ich wußte ja immer schon, daß mit diesem Kram irgendwas nicht stimmte, und jetzt weiß ich es, sie hat uns heimlich Fürsorgezeugs gegeben. Pures reines Fürsorgeessen!«
Der Käse hatte ganz normal geschmeckt, und Dads Milch war auch in Ordnung, nur waren manchmal dicke pulvrige Klumpen darin. Aber um Byron wieder in gute Laune zu versetzen, tat ich angeekelt und sagte: »Igitt, Mensch!«
Eine Woche später ging ich gerade durch die Gasse hinter Mitchell, als ein dickes Plätzchen mit rosa Guß mich fast am Kopf getroffen hätte. Es wirbelte wie eine kleine fliegende Untertasse an mir vorbei, dann landete es im Dreck. Ich sah mich um

und konnte niemanden sehen, deshalb schlug ich die Hände vors Gesicht und blieb still stehen; ich wußte, daß solche komischen Dinge nicht nur einmal passierten. Und natürlich traf das nächste Plätzchen mich im Rücken, und aus dem Apfelbaum war ein lautes Lachen zu hören. Byron.
Er ließ sich wie ein Superheld aus dem Baum fallen. In einer Hand hatte er eine riesige Plätzchentüte und in der anderen einen Apfel mit einer heftigen Bißspur.
»Was abhaben?« Byron hielt mir die Tüte mit schwedischen Cremekeksen hin. Ich wußte, das mußte eine Falle sein, die Tüte war sicher leer, aber ich blickte trotzdem hinein. Sie war halbvoll!
»Danke!« Ich schnappte mir zwei Kekse und sah sie mir ganz genau an, für den Fall, daß By sie mit Wanzen oder sonst was gespickt hätte. Sie waren sauber, und ich wartete weiter auf den Trick. Warum sollte Byron vier gute Kekse an mich vergeuden? Himmel! Schwedenkekse müssen die besten Plätzchen der Welt sein. Ich schlang sie herunter und wischte mir die Hände an der Hose ab. Ich konnte es nicht fassen. By hielt mir wieder die Tüte hin!
Er sprang auf und holte einen grünen Apfel aus dem Baum, untersuchte ihn auf Wurmlöcher und gab ihn mir dann. »Iß lieber was von dem, diese schwedischen Cremedinger schmecken erst gut, aber dann bleiben sie dir irgendwie im Hals stecken.« Byron war zu nett, ich wußte also, daß etwas Unangenehmes bevorstand. Dann sah ich neben dem Baum eine zerknüllte Kekstüte liegen, und nun wußte ich, warum er so großzügig war. Er hatte schon anderthalb Tüten gegessen.
Mir ging ein Licht auf. Ich wußte jetzt, warum er so aufgeregt und glücklich gewesen war, als er herausgefunden hatte, daß es bei Mitchell »Gratisessen« gab. By ließ Kram anschreiben, von dem Momma und Dad keine Ahnung hatten!
Er schien meine Gedanken zu lesen, denn ich wollte gerade

»Ach, By« sagen, als er überhaupt nicht mehr nett war, mich wütend anglotzte und sagte: »Das kannst du vergessen, Eierkopf, du hast selber welche gegessen, also halt die Klappe und genieß den Rest.« Wieder hielt er mir die Tüte hin.
Er hatte mich im Griff. Ich konnte ihn nicht verpfeifen, sonst würde ich genausoviel Ärger kriegen wie er. Ich nahm mir noch einen Keks.
By ging zum Apfelbaum hinüber und ließ sich daran zu Boden gleiten. Ich machte rechts von ihm dasselbe, und dann saßen wir mampfend nebeneinander. Ich war nicht daran gewöhnt, mich so lange mit Byron zu vertragen, deshalb war ich wohl nervös und wußte nicht so recht, was ich sagen sollte. By saß einfach nur da und schob die Äpfel ein, und ich versuchte mir vorzustellen, worüber er mit Buphead sprach, wenn sie so zusammensaßen. Schließlich sagte ich: »Also, By, sollten wir beide jetzt nicht eine Runde fluchen?«
Er blickte auf und sagte: »Hab ich dir miesem kleinen Arsch nicht gesagt, du sollst deine Scheißfresse halten und die verfluchten Kekse genießen? Also los!«
Ich erntete ein breites Lächeln! Es war ein vollkommener Tag!
Aber wie immer mußte By alles ruinieren.
»Schau mal!« Er zeigte auf eine Telefonleitung, auf der ein großer Vogel saß. Der Vogel war ungefähr so groß wie eine Taube, und er war graubraun und hatte einen langen, spitzen Schwanz.
By sprang auf und sagte: »Das ist eine Trauertaube, das sind die lässigsten Vögel auf der Welt, die regt überhaupt nichts auf.« By warf einen schwedischen Cremekeks nach dem Vogel. Der Keks schwirrte knapp am Kopf der Taube vorbei, aber die hob nur kurz die Flügel und sah sich um.
By warf noch drei Kekse, und noch immer bewegte der Vogel sich nicht.
Als Byron den vierten schwedischen Cremekeks losjagte,

wußte ich, daß der Vogel eine reinkriegen würde, wenn er sich jetzt nicht bewegte. Der Keks traf die Taube voll auf die Brust. Der Vogel breitete die Flügel aus und saß eine heiße Sekunde mit hängendem Schwanz und gespreizten Flügeln auf der Telefonleitung wie der perfekte Buchstabe T. Dann, wie in Zeitlupe, sank er rückwärts um und knallte in der Gasse hinter Mitchell in den Dreck.

Ich hatte mein Leben lang Vögel mit Steinen und anderem Kram beworfen, aber ich hatte nie einen getroffen. Ich hatte eine Million Leute Vögel mit einer Million Dingen bewerfen sehen, und keiner hatte je richtig getroffen, nicht mal eine Taube. Aber jetzt hatte By einen Vogel mit einem schwedischen Cremekeks vom Himmel gepflückt!

Als ich zu Byron ging, hatte er den Vogel hochgehoben und hielt ihn in den Händen. Der Kopf des Vogels kippte nach hinten und wackelte hin und her. Mausetot.

»Du hast ihn erwischt! Du hast einen Vogel erwischt!«

Byron hielt den Vogel mit einer Hand, mit dem anderen wischte er der Taube vorsichtig Zuckerguß von der Brust.

»Du hast ihn erwischt! So was hab ich noch nie gesehen!«

Ich sah By an, sein Gesicht war verzerrt, und er schien mich nicht zu sehen. Er ließ den Vogel fallen, ging zum Apfelbaum hinüber und erbrach sich.

Ich stand mit offenem Mund daneben und konnte nicht fassen, daß Byron jetzt auch noch losheulte. Fast genauso unglaublich war, wieviel Kotze anderthalb Tüten schwedische Cremes und ein paar grüne Äpfel produzierten.

Als er fertig zu sein schien, ging ich zu ihm und legte ihm die Hand in den Rücken. Als ich ihn berührte, versetzte er meinem Arm einen harten Schlag.

»By, was ...«

Er hob einen verfaulten Apfel hoch und warf ihn nach mir.

»Verpiß dich gefälligst, was glotzt du denn so? Mir ist eben

schlecht von diesen Äpfeln, du schielender kleiner Blödmann! Mach, daß du wegkommst!«
Inzwischen hagelte es faule Äpfel, also verschwand ich.

Es war schwer zu begreifen, was mit Byron los war. Manchmal hätte ich, wenn ein Geist gekommen wäre und mir drei Wünsche gewährt hätte, gern alle drei benutzt, um ihm Ärger an den Hals zu wünschen. Keinen Blödsinn, so wie die Frau im Märchen, die ihrem Mann die Wurst an die Nase wünscht, ich meine Sachen, die Byron wirklich so zu schaffen machen würden, daß er jeden Tag darüber nachdenken müßte, wie gemein er wirklich ist.
Wenn ihm eine Wurst an der Nase wüchse, dann würden die Leute vielleicht hinter seinem Rücken über ihn lachen, aber niemand hätte den Nerv, ihn offen anzumachen und ihn »Wurstnase« oder so zu nennen. Er würde nicht erfahren, wie es ist, wenn immer irgendwer auf dir rumhackt, wie traurig man davon wird. Manchmal haßte ich ihn und hielt ihn für den miesesten Kerl auf der ganzen Welt.
Als mein Arm nicht mehr weh tat, ging ich wieder in die Gasse hinter Mitchell, um mir den toten Vogel noch einmal anzusehen, aber er war nicht mehr da. An der Stelle, wo der Vogel abgestürzt war, hatte By ein kleines Grab gebuddelt, und auf dem Grab stand ein Kreuz aus zwei aneinandergebundenen Lollystielen.
Nur so ein cooler Macker bringt erst einen Vogel um und begräbt ihn dann. Nur ein cooler Macker foltert den ganzen Tag in der Schule Menschenkinder und hat nie auch nur den kleinsten Gewissensbiß und betrauert dann einen blöden kleinen graubraunen Vogel.
Ich weiß nicht, manchmal wünschte ich mir wirklich, ich wäre so klug gewesen, wie manche Leute glaubten, denn ich kam einfach nicht dahinter, was mit Byron los war.

Jeder Chihuahua in Amerika steht Schlange, um einmal Byron zu beißen

Ich saß am Küchentisch, machte Hausaufgaben und schaute Momma beim Kochen zu, als Byron zur Hintertür hereinkam. Unser Anblick schien ihn zu überraschen, denn als er uns sah, machte er auf dem Absatz kehrt und wollte wieder verschwinden.
Momma und ich rochen sofort Lunte.
»Byron«, sagte Momma, »was hab ich dir übers Mützentragen im Haus gesagt?«
»Ach, ich wollte gleich wieder weg ...« Wieder drückte er die Tür auf.
»Moment mal!«
Byron war in der Türöffnung gefangen, sein rechter Fuß war im Haus, sein linker draußen.
»Komm her!«
Momma legte das Messer weg, mit dem sie Kartoffeln geschält hatte, und wischte sich an einem Küchenhandtuch die Hände ab.
Byrons innerer Fuß gesellte sich zu einem Fluchtversuch zum äußeren. »Äh, ich bin gleich wieder da, die andern warten auf mich bei ...«
»Byron Watson, du ziehst jetzt die Mütze ab und kommst sofort her!« Sie sagte »he-är« statt »her«. Ach, ach.
Byron ging in Zeitlupe zu Momma hinüber und ließ seine

Füße übers Linoleum schleifen. Er nahm die Mütze ab und starrte zu Boden, als wären seine Schuhe plötzlich schrecklich interessant geworden.
Byrons Kopf war mit einem blauweißen Taschentuch bedeckt. Momma sog eine Tonne Luft ein. »Was hast du gemacht?« Aber das wußten wir ja schon. Sie trat einen Schritt zurück und lehnte sich an die Anrichte, als ob sie ohne diesen Halt umfallen müßte. »O mein Gott, dein Vater wird dich umbringen!«
»Dazu hat er aber keinen Grund.«
»Du hast es getan, oder etwa nicht?«
Byron starrte noch immer den Boden an.
»Oder was?« schrie Momma.
»Ja!« schrie Byron zurück.
Momma streckte die Hand aus und riß Byron das Taschentuch vom Kopf.
Momma und ich sagten beide: »Huhhhhh!«
Byron hatte sich die Haare glätten, die Haare färben, sich die Fransen fälschen, die Birne behandeln, sich eine Tonne Ärger aufhalsen lassen!
Seine Haare waren rotbraun, gerade, starr und sahen ölig aus. An einigen Stellen ragten sie wie Stachelschweinborsten auf, weil Momma das Taschentuch nicht besonders sanft weggerissen hatte.
Er strich seine Haare wieder glatt.
»Na«, sagte Momma, »das war's, jetzt bist du der Gnade deines Daddys ausgeliefert. Du weißt ganz genau, was wir von diesen Chemikalien halten, die die Haare glatt machen, aber du hast beschlossen, daß du erwachsen bist, und hast es trotzdem machen lassen.« Momma glühte vor Wut, aber sie überraschte mich, sie schüttelte einfach nur den Kopf und schälte dann weiter Kartoffeln.
Byron starrte seine Füße an, und ich tat so, als wäre ich mit meinen Hausaufgaben beschäftigt.

Schließlich knallte Momma das Messer auf den Tisch und sah Byron wieder an. Byron blieb ganz still stehen, während Momma einige Male um ihn herumging, um sich seine Haare von allen Seiten zu betrachten. Es sah wieder aus wie Indianer, die Planwagen umkreisen, aber diesmal mußte Byron die Weißen spielen.
Schließlich blieb Momma stehen und sagte: »Ehe dein Vater sich über dich hermacht, möchte ich dich noch etwas fragen. Was meinst du? Was meinst du jetzt, wo du es gemacht hast? Siehst du jetzt irgendwie besser aus? Ist dieser gerade...« Momma schnippte wieder einige Strähnen zu Stachelschweinborsten hoch. »...ist dieser gerade Dreck attraktiver als deine eigenen Haare? Haben dir diese Chemikalien schönere Haare verpaßt als du von mir und deinem Daddy und von Gott bekommen hast?«
Ein seltsames kleines Lachen lag jetzt in Mommas Stimme. »He, was meinst du? – Na, Bozo«, sagte sie und schnippte weitere Strähnen über Bys linkes und dann noch eine über Bys rechtes Ohr, »vielleicht möchtest du ja zum Zirkus, schließlich siehst du jetzt aus wie ein echter Clown.«
Momma hatte recht. Mit diesen Haarwülsten über seinen Ohren sah By wirklich aus wie Bozo der Clown. Ich prustete los, aber Byron sah mich so wütend an, daß ich verstummte und wieder in mein Matheheft glotzte. Ich fand es schrecklich, wenn aufregende Dinge passierten und mein Kopf sich ganz von selber senkte.
»Warum um Himmels willen hast du das gemacht, Byron?«
»Ich wollte eine mexikanische Frisur. Ich weiß wirklich nicht, was daran so schlimm sein soll.«
Als er sah, daß Momma nur noch traurig aussah, während ich jeden Moment wieder losprusten konnte, drehte Byron leicht durch und sagte: »Ich find's spitze!«
»Na, du Spitzenmacker, dann genieß deine mexikanische Fri-

sur, solange du kannst, denn wenn dein Daddy mit dir fertig ist, wirst du erst mal gar nichts mehr genießen und dich ganz bestimmt nicht spitze finden. Und jetzt verschwinde mit deinem Spitzenkörper diese Treppe hoch und warte in eurem Zimmer auf Daddy.«
Byron trampelte die Treppe hoch.
Ich erzählte Joey, was passiert war, als unsere Nachbarin, Mrs. Davidson, sie aus der Sonntagsschule brachte. Joey und ich gingen zu Byron nach oben.
Byron saß auf dem oberen Bett, seine Füße baumelten über den Rand, und er hatte die Hände vors Gesicht geschlagen.
Ich fand es wunderbar, wenn Byron wirklich in der Tinte steckte und mir nichts tun konnte, wenn ich ihn anpöbelte. Ich legte sofort los, als Joey und ich das Zimmer betreten hatten.
»Der Todeskandidat Nummer Fünf-einundvierzig hat eine Besucherin. – Bitte, bleiben Sie nicht so lange, Ma'am, der Pastor kann jeden Moment hier sein, um dem Häftling seine letzte Mahlzeit und seine letzte Zigarette zu bringen. Ach! Das hatte ich ganz vergessen! Keine Zigaretten, Fünf-einundvierzig, du darfst doch nie mehr ein Streichholz ansehen, weißt du noch?«
Byron war jetzt wirklich sehr traurig. Er sagte nichts, er blickte mich nicht mal böse an. Und das machte mich gleich viel mutiger.
Als sie seine Haare sah, riß Joetta die Augen auf und sagte mit erstickter Stimme: »Byron Watson, was sollte das denn bloß? Sieh dich doch nur mal an, Daddy bringt dich um! Komm da runter, wir gehen ins Badezimmer und versuchen, dir das Zeug aus den Haaren zu waschen, ehe Daddy nach Hause kommt.«
Byron hob seinen öligen Kopf von den Händen. »Geh weg, Joey.«

»Na los, Byron, wir waschen deine Haare, bis der ganze Müll raus ist, mach schnell!« Joetta zog an Byrons baumelnden Beinen.
»Hör auf, Joey«, sagte er schließlich. »Das läßt sich nicht aus*waschen*, das muß sich aus*wachsen*.«
»Das heißt, du mußt so rumlaufen, bis deine normalen Haare nachgewachsen sind?«
»Ja«, sagte Byron mit einer Art Lächeln. »Da läßt sich nichts dran machen, bis sie nachgewachsen sind.«
»O Himmel! Daddy wird dich in Stücke reißen!«
Ich sagte: »Das reicht, Ma'am. Fünf-einundvierzig wartet nur noch auf das Eintreffen des Henkers. Möchten Sie so lange hierbleiben und seine letzten Worte notieren?«
Joey fuhr herum und fauchte mich an: «Warum findest du das eigentlich so komisch, Kenny?« Sie sah wirklich wütend aus.
»Wir wissen doch noch gar nicht, was Daddy mit ihm machen wird.«
Byron schlug die Hände vors Gesicht.
Ich sagte zu Joey: »Warum schreist du mich an, ich hab mir doch die Haare nicht aufbrezeln lassen, und niemand hat By schließlich dazu gezwungen.« Es machte mich krank, daß sie sich immer auf Byrons Seite stellte!
Sie drehte sich zu ihm um: »Wer hat das gemacht, By?«
Das brauchte sie nicht zu fragen. Nur ein einziger anderer Vierzehnjähriger aus der Gegend hatte sich die Haare glätten lassen.
Ich antwortete für By: »Buphead.«
»Warum hast du ihm das erlaubt, By?«
»Ich hab doch gesagt, du sollst weggehen, Joey.«
»Nein, Byron, warum hast du ihm das erlaubt?«
»Weil ich's wollte, deshalb.«
»Aber du hast doch gewußt, daß du das vor Momma und Daddy nicht verheimlichen kannst!«

»Meine Fresse, glaubst du, mich interessiert, was diese Spießer sagen?«
Ich sagte: »Und da haben Sie den Grund, Ma'am, warum Fünfeinundvierzig sterben muß. Er verweigert das Geständnis.«
Byron sah mich zum ersten Mal an, und ich wich in Richtung Tür zurück. Er sagte: »Meinst du vielleicht, ich wüßte nicht, was mit dir los ist, du Blödmann? Meinst du vielleicht, ich wüßte nicht, daß du diesen ganzen Mist toll findest? – Aber damit hab ich gerechnet. Das ist wie diese Fernsehsendung neulich, über die Wölfe. Darin haben sie erzählt, daß der Oberwolf immer von den wilden Wölfchen herausgefordert wird. Sie haben gesagt, daß der Oberwolf nie eine Schwäche zeigen darf, sonst, wenn er verletzt wird oder so, machen sich all die wilden Wölfchen über ihn her. Und das passiert jetzt auch hier, du glaubst, ich wäre verletzt, und du und jeder andere blöde Chihuahua in Amerika kommt jetzt aus dem Urwald gekrochen und will mich beißen.«
»Also jetzt sag ich dir mal was, als ...«
Wir alle hörten draußen Autobremsen aufkreischen.
Joey und ich rannten ans Schlafzimmerfenster, das auf die Straße ging.
Der Braune Bomber hatte soeben vor dem Haus gehalten.
Joey plapperte los.
Byrons Beine baumelten immer heftiger.
Dad stieg aus dem Braunen Bomber.
Ich tat so, als ob ich eine Trompete in der Hand hätte, und spielte ein Stück, das wir von Beerdigungen kannten.
»Byron, warum kannst du dich nicht benehmen? Warum überlegst du dir nicht vorher, was mit dir passieren wird, ehe du was anstellst? Warum machst du immer Sachen, die die Leute wütend auf dich machen?« fragte Joey.
»Warum machst du keinen Fluchtversuch, Fünf-einundvierzig?« fragte ich.

Wir hörten den üblichen Lärm von Dad, der von der Arbeit kam, das *Klomp-klomp* seiner Stiefel, die er im Kabuff neben der Haustür auszog, das *Wusch* des Sessels, als er sich setzte, und wie Dad sagte: »Mensch, wie schön, wieder zu Hause zu sein«, das zweite *Wusch* des Sessels, als Momma sich auf seinen Schoß setzte, das Geräusch von Kissen, von Gekicher und Getuschel, und dann die Worte von Dad, auf die wir schon gewartet hatten: »Na, und was gibt's Neues an der Heimatfront, Mrs. Watson?«
»Ach, nicht viel. Einer von deinen kleinen Lieblingen hat allerdings eine Überraschung für dich.«
»Eine gute oder eine schlechte?«
»Hmmm, kommt wohl auf deinen Standpunkt an.«
»Laß mich mal raten, welcher von den kleinen Bestien will Big Daddy denn heute überraschen?«
»Dein Erstgeborener.«
»O Gott, was hat er denn angestellt? Wie ernst ist es diesmal? So schlimm kann es doch gar nicht sein, du kommst mir ziemlich ruhig vor.«
»Na, sagen wir, ich bin wie betäubt.«
»So schlimm?«
»Kommt drauf an. Wenn du mit deinem Sohn so, wie er war, zufrieden warst, dann ist es vielleicht ziemlich schlimm. Aber wenn du immer ein Kind aus einem südlichen Nachbarland haben wolltest, dann freust du dich vielleicht über den neuen Mr. Watson junior.«
»Alles klar – also, was ist passiert?«
»Sagen wir es so, erinnerst du dich noch an den Spruch, den Big Daddy jedem Mädchen an der Central High School serviert hat?«
»Hmm, das kann ich nun wirklich nicht behaupten.«
»Der ging so: ›Ich kann dir mehr zeigen als ich dir erzählen kann.‹ Klingelt's jetzt?«

»O ja, das klingt nicht ganz unbekannt. Na, du kannst es mir auch gleich zeigen. Also los!«

»Na gut, du hast es nicht anders gewollt. Byron, Lieber, könntest du wohl mal kurz nach unten kommen?« Momma hob nicht mal ihre Stimme, sie wußte, daß wir jedes Wort gehört hatten.

Byron holte tief Luft, dann sprang er aus dem oberen Bett und rannte die Treppe hinunter. Ich folgte ihm auf den Fersen und spielte Reporter. Ich hielt ihm ein Phantasiemikrophon vor die Nase.

»Irgendwelche berühmten letzten Worte, Fünf-einundvierzig? Irgendeine Botschaft für die vielen kleinen Chihuahaus, ehe sie aus dem Wald gekrochen kommen? Meinst du, der Gouverneur schaut vielleicht noch mal vorbei, ehe sie den Schalter umlegen? Und willst du endlich ehrlich sein und sagen, was dich auf die schiefe Bahn gebracht hat?«

By hatte wohl das Gefühl, nichts mehr zu verlieren zu haben, deshalb semmelte er mir auf halber Treppe voll eine aufs Ohr. Und wie!

Es ist ganz schön nervenaufreibend, eine verpaßt zu bekommen, wenn man nicht damit rechnet. Meine Beine zitterten, als ob meine Knie aus Wackelpudding wären, meine Augen tränten, meine Nase triefte.

Ich wollte By verpetzen, aber ich konnte mich nur auf die vorletzte Treppenstufe setzen und mir das Ohr halten, während meine Tränen nur so flossen. Mein Kehlkopf hüpfte auf und ab, und ich stieß seltsame Geräusche aus.

Joey sah neben mir auf der Treppe, und auch bei ihr strömten die Tränen.

Als Byron das Wohnzimmer betrat, sagte Momma: »Mr. Watson, ich möchte Ihnen Ihren lange verschollenen Sohn aus Mexico City vorstellen, Señor Byroncito Watson!«

Joey meinte, ich solle aufhören zu schluchzen, weil wir ja

schließlich nichts verpassen wollten, aber sehr lange herrschte im Wohnzimmer nur Totenstille.
Wir blickten uns an.
Schließlich wuschte der Sessel, als Momma von Dads Schoß aufstand, dann wuschte er noch mal, als Daddy sich erhob.
Und sehr viel später sagte Daddy: »Ach, ach, ach!«
Dann: »Na, mein Sohn, was soll ich schon sagen? Das sieht ziemlich dauerhaft aus, nicht wahr?« Dads Stimme klang sehr ruhig, und das war noch unheimlicher, als wenn er geschrien hätte.
»Ja, Dad.«
»›Ja, Dad.‹ Ich kann also gar nichts machen, nicht wahr?«
»Ich denke nein, Dad.«
»Du denkst nein, Dad. Na, wenn ich mir so deine Haare ansehe, dann möchte ich meinen, daß Denken nicht gerade deine starke Seite ist.«
Byron murmelte irgendwas. Himmel! Er muß einfach das Gefühl gehabt haben, er habe nichts zu verlieren, denn Momma und Dad konnten es einfach nicht ertragen, wenn wir vor uns hin murmelten.
Dads Stimme klang auch gleich anders: »Bitte?«
»Ich hab gesagt, nein, Dad.«
»›Nein, Dad!‹«
Joey plärrte wieder los. Wenn Dad alles wiederholte, was wir sagten, dann wußten wir, daß der dicke Ärger folgte.
»Hmmm, weißt du, vielleicht läßt sich ja doch noch was machen.«
Plötzlich standen Dad und Byron im Flur vor der Treppe nach oben.
Dad schien überrascht, als er Joey und mich dort sitzen sah. Er lächelte uns an.
»Hallo, Kenneth. Hallo, Herzchen! Warum weint ihr beiden denn?«

Ich konnte nur auf mein Ohr zeigen, aber Joey fragte: »O Daddy, bitte, was hast du vor?«
»Keine Angst, Jo, alles ist okay, wart einfach hier unten.«
Dad und Byron verschwanden im Badezimmer, und die Tür fiel hinter ihnen ins Schloß.
Dad hatte mir nicht gesagt, ich solle unten warten, und deshalb wetzte ich nach oben und schaute durchs Schlüsselloch ins Badezimmer. Irgendwer hatte allerdings Klopapier hineingestopft, deshalb mußte ich mich zu Boden fallen lassen und unter der Tür durchlinsen.
Die Füße von Dad und By verrieten mir, daß By auf der Toilette saß und Dad am Waschbecken stand.
Dad wühlte offenbar im Medizinschränkchen herum.
Ich konnte By einige Male schniefen hören, dann fing Dad an, irgendein Marschlied zu pfeifen.
Dads Füße machten die beiden Schritte vom Waschbecken zur Toilette.
Byron sagte: »Ooooo Mann!« Ich hörte ein metallisches Geräusch, und der Boden zu ihren Füßen bedeckte sich mit starren, rotbraunen mexikanischen Haaren.
Dad pfiff und schnitt weiter.
Tschu-tschicka! So hörte sich das an.
»Ooooo, Mann!«
»Halt den Kopf still, ich möchte dir nicht aus Versehen ein Ohr abschneiden.« Dad pfiff weiter.
Tschu-tschicka!
»Oooo Mann!«
»Kenneth, was machst du da?« rief Momma von unten.
Ich rannte von der Tür weg und rief auf halber Treppe: »Nichts, Momma.«
»Komm sofort her und mach *hier* nichts.«
»Ja, Momma.«
»Was macht dein Vater?«

»Der pfeift irgendeinen Marsch und schneidet Byron die Haare ab.«
Momma lachte. Joey saß neben ihr und sah noch immer besorgt aus.
Wir drei saßen schon ungefähr eine halbe Stunde auf dem Sofa, als wir Byron aus Leibeskräften schreien hörten.
Dad brüllte zu uns herunter: »Nur ein bißchen Rasierwasser!«
Wir hörten, wie sich die Badezimmertür öffnete. Dad kam als erster die Treppe herunter. »Mrs. Watson«, sagte er, »ich möchte Ihnen Ihren lange verschollenen Sohn aus Siam vorstellen, Seine Königliche Hoheit Yul Watson.«
Byron ging mit total düsterem Gesicht ins Wohnzimmer. Dad hatte ihm nicht nur die Haare abgeschnitten, er hatte ihm auch noch den Kopf rasiert. Bys Kopf glänzte, als ob er naß wäre.
»Und, Mrs. Watson«, sagte Dad, »Sie können wohl kaum leugnen, daß das hier Ihr Kind ist. Sie sehen doch, daß dieser Junge tonnenweise Sands-Blut in den Adern hat, schauen Sie sich doch bloß mal diese Ohren an!«
Armer Byron! Wenn er gewußt hätte, wie weit seine Ohren von seinem Kopf abragten, hätte er sich die Birne garantiert nicht aufbrezeln lassen!
Momma schlug die Hand vor den Mund und sagte: »Himmel, jetzt mach nicht meine Familie dafür verantwortlich, irgendwer hat im Krankenhaus das Kind vertauscht!«
Joey lachte vor Erleichterung darüber, daß Byron noch lebte, Momma und Dad lachten über Byrons Ohren, aber niemand lachte so laut wie ich.
»Jetzt holst du Kehrblech und Handfeger und kehrst die Haare im Badezimmer zusammen, und dann gehst du auf euer Zimmer. Das war's, By. Du bist jetzt alt genug, und wir haben es dir oft genug gesagt, jetzt muß was unternommen werden. Und jetzt verschwinde!« Dad runzelte ganz heftig die Stirn, als er das sagte.

Sie schickten Joey und mich nach draußen, um eines von diesen Gesprächen nur für Erwachsene zu führen.
Als Joey und ich das Gefühl hatten, sie hätten jetzt genug Zeit für ihr Gespräch gehabt, und wieder ins Haus kamen, stand Dad am Telefon. Er hielt den Hörer von seinem Ohr weg und schnitt eine Grimasse.
Ich konnte jemanden aus dem Hörer schreien hören.
Dad flüsterte Momma zu: »Warum glaubt sie, daß sie bei einem Ferngespräch in den Hörer brüllen muß?«
Momma gab ihm einen Klaps auf den Arm und flüsterte zurück: »Laß du meine Momma in Ruhe!«
Sie sprachen mit Grandma Sands! Weit weg in Alabama!
Joey und ich setzten uns zu ihnen aufs Sofa und hörten Grandma Sands rufen: »Das kostet euch allesamt ein Vermögen! Daniel, gib mir noch mal meine Kleine!«
Dad reichte Momma den Hörer und bohrte sich dann mit den Fingern in den Ohren, als ob er gerade taub würde.
Momma blickte ihn böse an und sagte: »Okay, Momma, wir rufen dich wieder an. Wir lieben dich. Bye-bye!« Dabei hörte sie sich sehr südstaatenmäßig an.
Und das war's. Wir dachten, das sei das Ende von Byrons letztem phantastischen Abenteuer, aber eine Woche später brachte Dad dann im Braunen Bomber den TT AB-700 nach Hause mit.

Der Ultra-Glide

Ich weiß nicht, warum wir nicht schnallten, daß diesmal was ganz Neues bevorstand, schließlich fingen Momma und Dad schon gleich nach ihrem Anruf bei Grandma Sands an, sich sehr komisch zu benehmen.
Zuerst war Momma mit einem Notizbuch beschäftigt und addierte und subtrahierte, dann fuhren Dad und Joey und Rufus und ich durch ganz Flint und kauften allerlei für den Braunen Bomber.
Wir fuhren zum Schrottplatz Genesee und kauften eine neue Antenne für das Radio und vier gebrauchte Reifen, dann hielten wir vor Mr. Billers Garage und ließen die Reifen aufziehen, wir fuhren zum Yankee Store und legten uns Zündkerzen, Öl und Frostschutzmittel zu, wir baten unseren Nachbarn, Mr. Johnson, uns dabei zu helfen, den ganzen Kram ins Auto zu laden, und schließlich wuschen und polierten wir den Braunen Bomber.
Wenn Byron vorbeikam, wenn wir gerade alle an der Arbeit waren, sagte er: »Ihr macht das alle mitnander sehr gut. Es sieht noch immer wie ein Schiß auf Rädern aus, aber ich muß zugeben, es sieht jetzt aus wie ein polierter Schiß.«
Wir achteten nicht auf ihn.
Während Joey die Fenster putzte, wuschen Rufus und ich die Sitze, sogar an den zerrissenen und verschlissenen Stellen. Aber je mehr wir sie wuschen, um so schlimmer sahen sie aus,

und am Ende ging Dad noch einmal in den Yankee Store und kaufte braun-weiße Bezüge für die Vordersitze.
Der Braune Bomber sah spitze aus! Zwar nicht fast neu, aber auch nicht fast fünfzehn Jahre alt! Wir holten Momma aus dem Haus und führten ihn ihr vor, und sie antwortete mit einem breiten Hand-vor-dem-Mund-Lächeln.
»Na, Leute«, sagte Dad, und wir wußten alle, daß er jetzt zu einer wichtigen Rede ansetzte. »Jetzt braucht er nur noch den letzten Schliff, das gewisse Etwas, das ihn von allen anderen Blechkanistern auf den Straßen unterscheidet, das eine Stück echt-amerikanischer Ingenieurskunst, das beweist, daß dieses edle Automobil den Namen Brauner Bomber zu Recht trägt. Und könnt ihr raten, was das ist?«
»Ein neues Dings für die Motorhaube?« fragte ich. Das Dings in der Mitte der Motorhaube war eine lange Chromrakete, die auf die Straße zeigte. Das Problem war, daß ein Flügel der Rakete abgebrochen war.
Wie für alles andere, hatte Dad auch dafür eine irre Erklärung. Er erzählte uns, daß er den Wagen von Onkel Bud mit beiden Flügeln bekommen habe, aber dann sei er damit in eine ganz besondere Werkstatt gefahren und habe einen Flügel »wissenschaftlich und mathematisch korrekt« abmontieren lassen. Als wir ihn fragten, warum, antwortete er, daß wir auf diese Weise nach langen Fahrten »mit einem Flügel und einem Gebet« landen würden. So heißt es in einem Lied, und solchen Quatsch findet Dad komisch.
»Nein«, sagte Dad auf meine Frage. »Kein neues Dings für die Motorhaube. Das da ist doch völlig in Ordnung. – Joey, was meinst du?«
»Ich weiß nicht, Daddy. Ich glaub, der Bomber kann überhaupt nicht mehr besser werden. Ich find ihn perfekt.«
»Gott segne dich, Herzchen. Rufus, dein Tip, was meinst du?«
»Keine Ahnung, Mr. Watson. Ich find die Karre in Ordnung so.«

»Ich wußte doch immer schon, daß ich diesen Jungen leiden mag. Alles klar, Wilona, dein Tip?«
»Ich weiß es auch nicht«, sagte Momma und verdrehte die Augen. »Ich find den Wagen per ... per ... per ...« Momma übertrieb auch ganz schön. »Meine Güte, ich bring's nicht über die Lippen.«
»Große Klasse, Wilona. Na, da Kenneth und Momma den Großen Braunen beleidigt haben, kommt es wohl Rufus und Joey zu, ihm den letzten Schliff zu verpassen.« Dad gab Rufus die Wagenschlüssel. »Rufus, du machst den Kofferraum auf, und, Joey, darin liegt eine kleine Tüte. Du hast die Ehre, deren Inhalt anzubringen.«
Rufus riß den Kofferraum auf, und Joey nahm eine kleine Papiertüte heraus. Sie drehte allen den Rücken zu und schaute hinein.
»O Daddy, das ist ja toll!«
»Weißt du, wo das hingehört?«
»Ja, Daddy.«
»Alles klar, keine Zeit vergeuden, bring es an.«
Sie steckte die Hand in die Tüte, und ohne den Inhalt herauszuziehen, sagte sie: »Und jetzt, das Dings, das den Wagen noch perfekter macht ...«
Dad half Joey bei dieser Rede. Er sagte: »Das Tüpfelchen auf dem i.«
Joey wiederholte: »Das Tüpfelchen auf dem i!«
»Der Gipfel der Technologie!«
»Der Gipfel der Technologie!«
»Der Höhepunkt der amerikanischen Forschung!«
»Der Höhepunkt der amerikanischen Forschung!«
Momma konnte es nicht mehr aushalten. »Um Himmels willen, Daniel, was habt ihr da?«
»Die Klimax der westlichen Zivilisation.«
»Die Klimmaxt der westlichen Zivilisation.«

»So, Joey, jetzt kannst du sie alle damit blenden, Liebes!«
Joey zog die Hand aus der Tüte und sagte: »Es ist ein grüner Stinkbaum!«
Momma machte *yach* und ging ins Haus zurück.
Joey hängte den grünen Stinkbaum an den Rückspiegel und flitzte aus dem Wagen, um Rufus und mich an ihren Fingern riechen zu lassen.
Aber Dad hatte noch immer nicht alles für den Braunen Bomber angeschafft. Am Samstagmorgen standen Joey und ich ganz früh auf, um uns Zeichentrickfilme anzusehen, und Dad putzte sich schon die Zähne und rasierte sich. Ich ging ins Badezimmer, um ihm dabei zuzusehen. Diese Rasierseife roch ich einfach zu gern!
»Hallo, Dad!«
»Morgen, Kenny, gut geschlafen?« sagte Dad mit der Zahnbürste im Mund.
»Ganz gut, glaub ich.«
Dann brachte Dad einen von seinen berühmten Tricks. Er sagte: »Schau mal, Kenny!« und zeigte ins Treppenhaus. Und ohne nachzudenken, drehte ich mich um und folgte Dads Finger. Als ich nichts sehen konnte und entdeckte, daß Dad grinste wie ein Honigkuchenpferd, sich aber sonst nichts anmerken ließ, fiel mir auf, daß seine Zahnbürste verschwunden war. Ich wollte ihm klarmachen, daß er mich nicht austricksen konnte. »Dad, wieso versteckst du deine Zahnbürste immer, warum stellst du sie nicht zu unseren?«
Dad lachte. »Na, Kenny, ich glaube, das liegt daran, daß ich, anders als eure Mutter, auch mal ein kleiner Junge war.«
Ich dachte kurz darüber nach, dann fragte ich: »Was willst du damit sagen?«
Dad hielt meine Zahnbürste hoch und sagte: »Sieh sie dir doch an, es ist nicht nur ein wunderbares Instrument zum Zähne putzen, es ist auch in anderer Hinsicht nützlich. Verstehst du,

Kenny, ich weiß, daß es in den Augen eines kleinen Jungen nichts gibt, womit man besser alles mögliche saubermachen kann, als eine Zahnbürste, und das Tolle ist doch, daß man sie danach nur richtig waschen muß, und niemand weiß, wozu man sie verwendet hat. – Ich weiß auch, daß man vor allem mit fremden Zahnbürsten alles sauberkriegt. Und ehe mich fragen zu müssen, was meine Zahnbürste als letztes geputzt hat, finde ich es besser, daß nur ich weiß, wo sie sich herumtreibt.«

Dad hatte recht. Ich hatte Byron einmal dabei erwischt, wie er mit meiner Zahnbürste Münzen polierte, und ein andermal hatte er damit Blackie die Zähne geputzt. Mir war das ziemlich egal, aber Blackie hatte es nicht gefallen. Damals hatte er zum ersten und einzigen Mal ein Familienmitglied angeknurrt.

Dad machte mit seinem Rasierpinsel in einer Schüssel Schaum, und ich kam ganz dicht ans Becken heran, um den Schaum zu riechen. Dad bemalte sich das Gesicht mit Schaum, dann bückte er sich und wusch ihn ab. Ich weiß, es hört sich komisch an, aber er machte das immer zweimal, er sagte, das mache den Bart superweich. Er wußte das, weil er als kleiner Junge in einem Friseursalon ausgeholfen hatte. Dort hatte er auch gelernt, daß man sich den Hals sauber waschen muß, ehe man zum Friseur geht, sonst macht der Friseur einen vor den anderen Kunden ganz schön runter, wenn man wieder weg ist.

»So«, sagte Dad, als er sich die zweite Schaumschicht verpaßte. »Laß mich raten, warum du so dicht neben mir stehst. Soll ich dir vielleicht dein Gesicht einseifen und dich hochhalten, während du dich rasierst? Das haben wir schon lange nicht mehr gemacht.«

»Ach, Mensch, für so was bin ich zu alt. Und außerdem krieg ich jetzt einen echten Schnurrbart. Sieh mal!« Ich schob

meine Oberlippe vor, damit Dad es richtig sehen konnte.
»Wo?« Dad bückte sich und starrte meine Oberlippe an. »Ich seh nichts.«
»Hier, schau doch!«
»Vielleicht wenn du besser ins Licht gehst.« Dad bückte sich und hob mich zum Spiegel hoch. Automatisch drehte ich den Kopf zur Seite, als ich mein Spiegelbild sah. Manchmal vergaß ich mein faules Auge eben total.
»Ja, ist es denn zu fassen! Wenn man die Augen zusammenkneift und ganz genau hinsieht, dann steht wirklich fest, daß der Junge hier einen echten Schnurrbart kriegt!«
Ich wußte nicht, ob Dad ihn wirklich sehen konnte, aber ich wußte, er war da. Er stellte mich wieder auf den Boden.
»Bald müssen wir beide uns morgens den Spiegel teilen, was?«
Ich konnte nicht dagegen an. Ich wußte ja, daß das ein Witz sein sollte, aber ich lächelte breit und nickte heftig.
Dad fing an, sich zu rasieren. »Na, damit das schon mal geklärt ist, ich hab hier das höhere Dienstalter, deshalb darf ich als erster ins Badezimmer, klar?«
»Klar.«
Als Dad fertig war, fragte er: »Auch schon zu alt für ein bißchen Old Spice?«
Er klatschte mir Rasierwasser ins Gesicht und sagte: »Deine Mutter soll aber nicht wissen, daß ich dich mit After-shave einreibe. Ich will doch nicht, daß sie mir Vorwürfe macht, wenn die ganzen kleinen Mädels über dich herfallen, weil du so duftest und einen echten Schnurrbart kriegst!«
Wir gingen ins Wohnzimmer, um uns Zeichentrickfilme anzusehen, aber Dad wollte sich nicht setzen, er sagte: »Wenn eure Mutter aufsteht, ehe ich zurück bin, dann sagt ihr einfach, daß es nicht lange dauert.«
»Wo gehst du denn hin, Daddy?« fragte Joey.

Dad lieferte seine berühmte Antwort: »Weg!« und zog hinter sich die Tür ins Schloß.

Dad verpaßte *Felix der Kater, Tom und Jerry, Beany und Cecil, Sherlock Holmes und Co* und *Der Geist Lakarlak*. Er war auch noch nicht da, als Momma und Byron aufstanden. Als er endlich zurückkam, saßen wir alle vor dem schrecklichsten Zeichentrickfilm aller Zeiten, *Clutch Cargo*.

Dad kam herein und drehte den Fernseher aus.

»Dad!«

»Tut mir leid, Leute, alle müssen jetzt sofort vors Haus kommen. Du auch, Daddy-o, und du, Wilona. Ich hab eine Überraschung!«

Wir mußten bei der Haustür stehenbleiben und uns hintereinander anstellen, zuerst Momma, dann Byron, dann ich, dann Joey. Außer By, dem Glatzkopf, lachten wir alle und versuchten, Dads Überraschung zu erraten.

Wir wanderten hinter Dad die Verandatreppe hinunter und standen wie eine kleine Parade auf dem Bürgersteig. Die Nachbarn haben sich bestimmt den Kopf zerbrochen, was die komischen Watsons nun schon wieder anstellten.

»Alles klar«, sagte Dad, »wenn ich euch Bescheid sage, dann müßt ihr alle die Augen zumachen, und ich warne euch, wer hinschaut, ehe ich's erlaube, kann was erleben.«

Meine Augen würden natürlich wie versiegelt sein. Wenn unter mir eine Bombe explodierte, dann würde ich mit versiegelten Augen im Bombentrichter stehen. Und wenn mein Kopf dabei abgerissen würde, dann würden sie sagen können: »Hier ist der Kopf des Kleinen, und, Himmel, seine Augen sind so fest verschlossen wie ein Safe!«

Byron fand es blöd, daß ich Momma und Dad immer gehorchte, aber wenn ich hier der Blöde war, warum hatte dann er einen dicken fetten kahlen glänzenden scheußlichen Kopf?

Dad sagte: »Okay, jetzt legt eurem Vordermann die Hände auf die Schultern. Wilona, leg deine auf meine. Das dauert jetzt nur eine Minute.«

Das mit der Minute sagte er, weil Momma die Augen verdrehte und fast alles ruiniert hätte, indem sie kehrtmachte und ins Haus ging.

»Alles klar, Augen zu!«

Momma warf ihm ihren »Tropfen, der das Faß zum Überlaufen bringt«-Blick zu und schloß die Augen, und wir machten das auch. Dad schob uns noch ein bißchen weiter, dann blieben wir stehen. Es war wirklich schwer, nicht zu spinxen.

»Okay, weiter Augen zuhalten, das ist mein Ernst.«

Ich hörte, wie eine Autotür geöffnet wurde, dann hörte ich einen lauten Knall, dann hörte ich Byron sagen: »Oooo Mann...«

Joey und ich prusteten los. Wir wußten, daß ein gewisser Jemand gelinst und sich dafür eine eingefangen hatte, voll auf die kahle Birne.

Schließlich sagte Dad: »Und jetzt, Augen auf! Na, was sagt ihr?« Er hatte die Tür zum Fahrersitz des Braunen Bombers geöffnet und zeigte mit einer Hand hinein.

In der Mitte des Armaturenbrettes, rechts vom Lenkrad, ragte ein Riesendings hervor. Dad hatte ein großes Badetuch über das Dings gehängt. Wir starrten das Dings an.

Schließlich sagte Momma: »Daniel, was in aller Welt hat das Badetuch dort zu suchen?«

»Dem Badetuch geht's gut, Wilona. Möchtest du nicht wissen, was sich darunter versteckt?«

»Doch, Dad, was denn?« fragte ich.

»Also, Kenneth, da du hier als einziger ein bißchen neugierig zu sein scheinst, solltest du wohl auch derjenige sein, der die neueste Attraktion des Bombers enthüllen darf.«

Ich kletterte auf den Vordersitz und lüftete einen Handtuch-

zipfel, damit außer mir niemand sehen konnte, was darunter steckte. Ich konnte es nicht fassen!
»Dad, das ist super!«
Die anderen, sogar Byron, drängten sich jetzt um die Tür des Braunen Bombers.
Momma klang besorgt. »Was hast du denn jetzt schon wieder mit dem Wagen angestellt? Daniel, was ist unter diesem Handtuch?«
Ich packte einen Handtuchzipfel.
»Meine Damen und Herren ...«
Byron unterbrach mich, als er sah, daß ich sie noch zappeln lassen wollte. Er sagte: »Ach, Mensch, jetzt nimm schon das blöde Handtuch weg, damit ich hier raus kann. Ich kann mir nicht den ganzen Tag deinen Blödsinn anhören.« Er hatte es immer schrecklich eilig damit, irgendwo wegzukommen, wollte aber niemals irgendwohin.
»Byron, wie oft soll ich dir noch sagen, du sollst dich benehmen, und Kenneth, laß jetzt den Unfug und nimm sofort das Handtuch weg!«
Ich sagte ganz schnell, ehe Momma sich noch mehr aufregte: »Meine Damen und Herren, die neueste Errungenschaft des Braunen Bombers!« Ich riß das Handtuch weg. »Unser eigener transportabler Plattenspieler.«
Momma rief: »O Gott!«, warf Dad einen wütenden Blick zu und ging zurück ins Haus.
Joey quietschte: »Du meine Güte!«
Sogar der coole alte Byron vergaß, wie cool er war, und schrie: »Ooo Mann, das ist einfach spitze! So einen hat sonst keiner. Nicht mal Speedy hat einen im Cadillac! Spitze, Mann, einfach spitze!«
Joey und Byron stiegen neben mir ins Auto.
Wir sagten alle: »Nun stell ihn an, Daddy!«
Ich wußte, daß Dad jetzt von Momma ein bißchen enttäuscht

war. Sie hatte ihn wirklich verletzt, als sie einfach weggegangen war. Ich glaube, sie vergaß manchmal einfach, wie empfindlich Dad war. Obwohl er sich munter gab, wußte ich, daß jetzt alles anders für ihn war. Ich wußte, wenn Momma geblieben wäre, statt wegzugehen und etwas von Geld zu murmeln, dann hätten wir viel mehr Spaß gehabt.
Aber Dad vergaß das alles sehr schnell und führte uns voller Begeisterung den Plattenspieler vor. Dad war wie ich, er riß gern die Show, oder, wie Momma sagte, wir spielten beide gern den Clown. Dad konnte das allerdings besser, und ich wollte unbedingt bald so gut werden wie er.
»Also, also, also«, sagte Dad und beugte sich in den Wagen. »Ich sehe, ihr drei verfügt über exquisiten Geschmack. Ich sehe, ihr habt das Spitzenprodukt gewählt, die absolute Sahneware, das tontreue AB-700 Modell, den Ultra-Glide.«
Und das stimmte, denn vorne am Plattenspieler stand in großen roten Buchstaben: »TT AB-700, Ultra-Glide.«
»Wie euch sicher bekannt ist, bestand in der Vergangenheit bei dieser neuen Technologie des automotiven Klanges das Problem von Straßenvibrationen, die mit einer korrekten Dispersion der phonischen Interpretationen interferierten.«
»Hä?« fragte Byron.
Dad sagte: »Mit anderen Worten, ihr wißt sicher, daß in den guten alten Zeiten die Nadel immer dann hüpfte und die Platte zerkratzte, wenn wir über einen Huckel fuhren.«
Joey und ich machten mit: »Aber klar, aber klar!«
»Und ich bin sicher, eine so feine, intelligent aussehende Familie wie ... ich spreche doch mit Mr. und Mrs. Watson und ihrem Sohn, nicht wahr?«
»O nein«, sagte Joetta und zeigte auf Byron. »Das ist nicht unser Sohn, das ist nur ein kleiner jugendlicher Krimineller, der uns leid tut und den wir deshalb manchmal mitnehmen. Unser echter Sohn hat Haare.«

Nicht mal das machte Byron was aus, er war hin und weg von der neuesten Errungenschaft des Braunen Bombers.
Dad äffte weiterhin den Typen nach, der ihm den Plattenspieler verkauft hatte. »Ja, ich bin sicher, eine nette Familie wie diese weiß, daß den Wissenschaftlern der Autotronic Industries erst im letzten Jahr ein brillanter, wunderbarer, atemberaubender Durchbruch gelungen ist, indem sie ein tragbares System zur Kontrolle dieser Vibrationen entwickeln konnten.«
»Ja«, sagte ich. »Das hab ich gestern abend in den Nachrichten gesehen. Walter Cronkie hat es als Wunder bezeichnet.«
Dad lachte. »Genau, Mr. Watson! Walt hat zwei von diesen Babys in seinem Wagen und eins auf seinem Motorrad.«
»Aber klar, aber klar!«
»Nun, das Vibrationsproblem wurde durch das exklusive Vibro-Dynamik-Lateral-Anti-Inertial-Dämpfungssystem überwunden.«
Dad hatte sich das Wort eingeprägt, denn auf dem Tonarm des Plattenspielers stand: »VDLAI-Dämpfungssystem, patentiert.«
»Na los, Daddy, stell ihn an, red nicht soviel Blech!«
»Aber, aber, Mrs. Watson, immer mit der Ruhe, und sagen Sie diesem kleinen Jugendlichen-Kriminellen-den-Sie-mitnehmen, daß ich ihm die Finger abreiße, wenn er noch einmal einen Knopf dieses Plattenspielers anrührt.«
Byron murmelte etwas und ließ sich auf dem Sitz zurücksinken.
»Ehe ich Sie jetzt mit dem symphonischen Klang dieser Einheit in Entzücken versetze, möchte ich Ihnen noch kurz einige ihrer weniger geschätzten Eingeschaften schildern.«
»O ja, bitte.«
»Oooo Mann, jetzt dreh dieses Mistding endlich auf. Wenn ich mir noch weiter soviel Müll anhören muß, dann geh ich ins Haus und leg echte Musik auf.« Byron riß die Tür auf und stürzte ins Haus.

»Also, Mr. und Mrs. Watson, ich möchte Ihre Aufmerksamkeit auf das Heck Ihres klassischen Automobils lenken.«
Joey und ich kletterten auf den Rücksitz und betrachteten das Rückfenster. Hinten war ein Loch in die Hutablage geschnitten und mit Material überzogen, wie man es von Wandschirmen kennt.
»Ich sehe schon, Sie fragen sich, was das wohl bedeutet. Nun, das will ich erklären. Hier haben wir, ob Sie es glauben oder nicht, einen zweiten Lautsprecher. Und ich kann Ihrem intelligenten Gesicht ansehen, Mrs. Watson, Sie haben erkannt, daß der Lautsprecher nicht aus Zufall hinten angebracht worden ist, Ma'am. – Man könnte ja meinen, wir hätten da einfach irgendeinen alten Mechaniker ein Loch hacken lassen, aber nichts wäre weiter von der Wahrheit entfernt. Diese Öffnung ist wissenschaftlich und mathematisch von einem ausgebildeten Techniker berechnet worden, um den waren High-Fidelity-Klang des TT AB-700 noch zu verbessern.«
»Meine Güte!«
Byron kam dicht gefolgt von Momma mit einer Ladung Singles aus dem Haus gestürzt.
»Byron Watson, trampel nicht so herum und mach die Tür leise zu.«
Sie folgte Byron zum Auto und schimpfte ihn dabei die ganze Zeit aus. Ich wußte, sie nahm Byron als Entschuldigung, um zurückzukommen und sich alles anzusehen. Ich nehme an, unser Lachen und Juxen war einfach unwiderstehlich gewesen. Jetzt, wo sie wieder da war, trug Dad erst wirklich dick auf.
»Also, also, also, Mrs. Watson«, sagte er, aber nicht zu Momma, sondern zu Joey. »Ich sehe, Ihre schöne junge Tochter hat sich entschlossen, sich uns anzuschließen, und da kommt sie keine Sekunde zu früh. Warum rutschen Sie nicht ein wenig zur Seite und lassen sie einsteigen?«
Joey spielte schrecklich gern die Rolle von Mommas Mom.

Sie klopfte neben sich auf den Sitz und sagte: »Komm doch rein, Süße, es ist wirklich toll.«
Momma glitt mit halbem Lächeln hinter das Lenkrad.
»Wunnerbar, wunnerbar«, sagte Dad.
Byron nahm die Platte vom Plattenspieler und legte eine seiner eigenen coolen Scheiben auf.
»Leg die andere zurück, mein Sohn, du kommst auch noch an die Reihe. Zuerst kommt der besondere Gruß einer gewissen jungen Dame an einen gewissen jungen Mann. Wenn Sie gestatten, Ma'am, ich muß nur kurz hier hinüberlangen und die Kiste in Gang setzen.« Dad streckte die Hand aus, um den Wagen anzulassen, aber dabei streifte er aus Versehen oder absichtlich Mommas Brüste.
Himmel, hielten die uns denn für blind? Obwohl Dad sich für ganz gerissen hielt, sahen wir das nun wirklich alle.
Momma zog den Mund zusammen, um ihr Lächeln zu unterdrücken, und verschränkte die Arme vor der Brust, Joetta kicherte, und Byron und ich blickten in eine andere Richtung.
Momma gab ihm anstandshalber einen kleinen Klaps auf die Hand und lächelte.
Dad drehte den Zündschlüssel um, und der Braune Bomber sprang an.
»Okay, junge Dame, hier ist Ihr ganz besonderes Lied.«
Dad konnte nicht dagegen an und äffte einen Discjockey nach.

> »Viola, Baß und Geigen,
> die müssen alle schweigen,
> vor dem Trompetenschall,
> ja, vor dem Schall,
> ja, vor dem Schall,
> ja, vor dem Schall,
> vor dem Trompetenschall...«

Byron quiekte: »Ja, ist das denn nicht die reine Wahrheit?«, aber Dad ließ sich nicht aus dem Takt bringen.

> »Und singt der Mensch auch schöne,
> wie schwach sind seine Töne ...«

Momma schlug auf den Sitz. »Daniel, laß endlich die Platte laufen!«
»Schon gut, schon gut!« Dad hörte mit seiner Reimerei auf, nicht, weil Momma es ihm befohlen hatte, sondern weil ihm sicher kein blöder Vers mehr einfiel.
»Aber zuerst möchte ich euch allen draußen im Radioland erzählen, daß sich eine Miss Wilona Sands diese Nummer gewünscht hat für den wunnerbaren, wunnerbaren Mann ihres Lebens, den Big Daddy der Liebe, Daniel Watson. Wir von Flints einzigem Soulsender, WAMM, widmen Daniel dieses Lied von Wilona. Laß laufen, Maestro!«
Dad langte an Momma vorbei, um den Plattenspieler einzuschalten. Joey packte meinen Arm mit einer Hand und kicherte hinter ihrer anderen. Byron grinste wie ein riesiges, glatzköpfiges Kindergartenbaby.
Momma hatte die Arme noch immer verschränkt, aber sie fing jetzt an zu lächeln. Sie hielt sich eine Hand vor den Mund.
Mein Fuß trat wie wild den Takt auf dem Boden des Braunen Bombers, und ich konnte einfach nicht damit aufhören. Ich glaube, ich grinste auch ganz schön breit.
Dads Hand berührte einen Knopf, auf dem »Start« stand, aber ehe er ihn umdrehte, ließ er noch einmal die Hand sinken und sagte: »Als erstes jedoch ...«
Wir schrien auf.
»Daddy!«
»Oooo Mann!«

»Na los, Dad!«
»Daniel!«
Aber Dad war noch nicht fertig und ließ sich auch nicht drängen. Je mehr wir uns beschwerten, um so mehr Zeit ließ er sich. Er hob die Hand, um uns zum Schweigen zu bringen.
»Aber als erstes möchten wir bei WAMM uns bei den neun anderen Damen entschuldigen, die für Daniel Watson ein Liebeslied bestellt haben. Wenn sie am Draht bleiben, dann werden wir ihre Lieder später am Abend spielen.«
Momma sagte: »Das reicht« und wollte aussteigen. Es war aber ein Jux-»das reicht«, kein ernst gemeintes.
Dad hielt sie zurück und drehte endlich den Startknopf. Dann setzte er sich auf den Rücksitz.
Wir erstarrten. Sogar der Braune Bomber kam uns leiser vor, als sich der VDLAI-Arm des Plattenspielers hob und sich auf den Tonteller mit der Single zubewegte. Der Arm senkte sich, und ein hohles kleines Brummen füllte das Auto. Ein Moment der Stille, und dann ...
Und dann kam die allerschönste Musik, die ich je gehört hatte, von vorne und hinten zugleich.

>»DOM DA-DOM DOM
>DOM DA-DOM DOM
>DOM DA-DOM DOM
>DOM!«

Die Töne waren so tief und stark, ich hatte das Gefühl, in einer riesigen Baßgeige zu sitzen.
Momma schrie auf und schlug die Hände vor den Mund. Nach den ersten Noten hatte sie »ihr Lied« erkannt.
Der Typ auf der Platte sang jetzt »Under the Boardwalk«, und ich drehte mich um, weil er sich anhörte, als säße er neben Dad auf dem Rücksitz.

Wir blieben fast zwei Stunden im Auto sitzen, damit alle ihre Lieblingsplatten aus dem Haus holen konnten.
Und obwohl wir im Haus einen ziemlich guten Plattenspieler hatten, kam der einfach nicht an die Klänge heran, die die wissenschaftlich und mathematisch berechneten Lautsprecher des Braunen Bombers lieferten. Der Ultra-Glide verzauberte die komischen Watsons ganz einfach.
Byron behauptete immer, Momma könne es nicht ertragen, wenn irgendwer zuviel Spaß hätte; aber um fair zu sein, muß ich zugeben, daß sie uns daran hinderte, den Spaß schrittweise zu haben und nicht auf einmal.
Zuerst fand sie die Musik zu laut und ließ sie leiser drehen; dann mußten wir Kinder aussteigen, nachdem wir jeder vier Platten gespielt hatten, (ich ließ viermal »Yakety Yak« laufen), und sie und Daddy legten Nat King Cole und Dinah Washington und andere Schnulzensänger auf, und dann sagte sie zu Dad: »Hast du es ihnen schon gesagt?«
O-o! Ich beugte mich in den Wagen, um einen Blick auf Mommas Bauch zu werfen. Genauso hatten Byron und ich erfahren, daß wir eine Schwester bekommen würden.
Alle spitzten die Ohren. Etwas Großes stand bevor.
Dad fühlte sich in solchen Situationen nicht sehr wohl und sagte: »Nein, das hat noch Zeit.«
»Nein, hat es nicht.«
Momma ließ das letzte Lied auslaufen, dann sagte sie: »Dreh ihn aus, Daniel. – Kinder, bald hat Daddy eine Weile Urlaub, und dann fahren wir nach Alabama. Byron wird den Sommer bei Grandma Sands verbringen, und wenn er sich nicht bessert, wird er das ganze Schuljahr über bei ihr bleiben.«
Das war zu schön, um wahr zu sein, eine lange Reise im Braunen Bomber und ein ganzer Sommer ohne Byron! Und wahrscheinlich sogar ein ganzes Jahr, denn Byron würde sich doch nie im Leben bessern!

Byron starrte Momma und Dad mit offenem Mund an.

»Wir haben es dir gesagt, Byron, wir haben dich immer wieder gewarnt und dir eine Chance nach der anderen gegeben, aber statt dich zu bessern, wird es immer schlimmer mit dir. Muß ich dich daran erinnern, was du allein im letzten Jahr angestellt hast?«

Byron kriegte den Mund noch immer nicht wieder zu.

Momma fing an aufzuzählen, was Byron selbst als seine letzten phantastischen Abenteuer bezeichnet hätte.

»Du hast so oft Schule geschwänzt, daß Mr. Alums dreimal hier war, um zu sehen, was dir fehlt, du hast Feuer gemacht, du hast mir Geld aus dem Portemonnaie gestohlen, du hast dich geprügelt, du hast bei Mr. Mitchell den ganzen Ärger gemacht, du hattest das ... das Problem mit Mary Ann Hill, du hast im Hinterhof Vögel in Mausefallen gefangen, du bist aus dem Baum gefallen, als du feststellen wolltest, ob diese arme Katze immer auf den Füßen landet, du hast dir die Haare glätten lassen, du warst bei dieser Bande ... es reicht einfach, Byron. Wir können diesen ganzen Unfug nicht mehr länger hinnehmen.«

Ich hoffte, daß Momma nicht nur diese letzten phantastischen Abenteuer kannte. Ich hätte noch an die hundert weitere aufzählen können.

»Deshalb wird Grandma Sands sich eine Weile um dich kümmern. Uns bringst du alle um den Verstand.«

Mommas Tonfall änderte sich. »Birmingham wird dir gefallen, Byron. Es ist ganz anders als Flint. Da unten gibt es massenhaft nette Jungen in deinem Alter, mit denen du dich anfreunden kannst. Und da kannst du angeln und auf die Jagd gehen. Da ist alles viel besser. Du wirst die Stadt mögen. Deine Grandma sagt, in ihrer Gegend sei es ruhig, sie sagt, was sie im Fernsehen zeigen, passiert nicht bei ihnen. Es ist genau wie früher, sicher und ruhig. Und es gibt keinen Buphead.«

Momma und Dad hatten so ungefähr eine Million mal gedroht, Byron zu Grandma Sands zu schicken, aber wir hatten einfach nicht damit gerechnet. Und das hatte drei gute Gründe.

Der erste Grund war, daß Alabama ungefähr zwei Millionen Meilen von Flint entfernt lag, und By wußte, daß Momma ihn nicht so weit allein mit dem Bus schicken würde. Er wußte auch, daß es für sie ungefähr genauso unmöglich sein würde, die Dreitagereise mit ihm zusammen zu machen.

Der zweite Grund war, daß Momma und Dad Byron immer alles mögliche androhten, von dem alle Welt wußte, daß sie es nie wahrmachen würden. Dad zählte schon die Monate bis zu dem Tag, an dem sie ihn zwingen könnten, sich zur Armee zu melden, aber wir wußten, daß sie das niemals tun würden.

Aber der wichtigste Grund, aus dem Byron und Joey und ich nicht glaubten, daß sie ihn je nach Alabama schicken würden, war, daß wir so viele schreckliche Geschichten darüber gehört hatten, wie streng Grandma Sands war. Die Vorstellung, bei ihr wohnen zu müssen, war so entsetzlich, daß das Gehirn sie aussperrte, sowie sie sich zu Wort meldete.

Aber Byrons Gehirn würde sich jetzt wohl daran gewöhnen müssen, das verriet uns die Tatsache, daß sie den Bomber ausgerüstet hatten, und außerdem hörte Mommas Stimme sich so an, als ob sie es diesmal ernst meinten.

Das große coole Baby klappte endlich den Mund zu und rannte ins Haus. Er knallte ganz fest die Tür hinter sich zu, und wir hörten ihn alle klar und deutlich ein Wort mit Sch… sagen.

Joey sagte: »Oooo …«

Dad wollte hinter Byron her, aber Momma sagte: »Laß ihn, Daniel, er muß jetzt soviel von dem Unsinn ablassen, wie er kann. Grandma Sands wird sich nämlich überhaupt nichts gefallen lassen.«

Die Watsons fahren nach Birmingham — 1963

An diesem Sonntag stand ich früh auf. In der Glotze gab es zwar noch keine Comics, aber es war immer witzig, aufzuwachen und mir keine Sorgen wegen der Schule machen zu müssen.
Als ich ins Wohnzimmer kam, stand zu meiner Überraschung die Vordertür offen. Ich blickte nach draußen, und ich sah, daß Dad im Braunen Bomber saß. Er hörte sich sicher Platten an, jedenfalls hatte er den Arm auf der Rücklehne liegen und trommelte mit der Hand darauf herum.
Ich rannte wieder in mein Schlafzimmer und zog meinen Schlafanzug aus. Ich spinxte aus dem Fenster, um sicherzugehen, daß Dad noch da war. Er saß noch immer im Auto, deshalb rannte ich nach unten und aus dem Haus. Und in letzter Sekunde, ehe sie zuknallte, hielt ich die Tür noch fest.
Ich klopfte ans Fenster, und Dad drehte sich um und lächelte mich an, dann zeigte er auf den Beifahrersitz. Ich rannte um den Wagen herum und stieg ein.
»Hallo, Kenny.«
»Hi, Dad.«
»Gut geschlafen?«
»Glaub schon.«
»Hol dir Yakety Yak und setz dich ein bißchen zu mir.«
»Alles klar. Ich hör mir einfach an, was du auflegst.«
Wir hörten ein paar Swingstücke, dann fragte ich: »Dad, muß

Byron wirklich nach Alabama? Könnten wir nicht einfach bis nach Ohio fahren und nur so tun, als wollten wir ihn weggeben, um ihm einen Schrecken einzujagen?«
Dad sah mich an und lächelte. Er streckte die Hand aus und drehte den Ultra-Glide ein wenig leiser. »Kenneth, ich weiß, daß Byron dir fehlen wird, das wird uns allen so gehen, aber, Junge, es gibt Dinge, die Byron lernen muß, und in Flint lernt er sie nicht, und das, was er hier lernt, soll er gar nicht lernen. Verstehst du?«
»Nein.«
Dad stellte den Ultra-Glide noch ein wenig leiser. Er schien nicht so recht zu wissen, ob er mir etwas Bestimmtes sagen sollte oder nicht. Er blickte mir voll ins Gesicht, und obwohl das verdammt schwer war, blickte auch ich ihm voll ins Gesicht. Ich versuchte ein intelligentes Gesicht zu machen, und das ist mir wohl gelungen, denn schlicßlich sagte Dad: »Kenny, wir haben uns das sehr genau überlegt. Ich weiß, du hast in den Nachrichten gesehen, was im Süden in einigen Ecken so abläuft, ja?«
Wir hatten Bilder gesehen, auf denen eine Bande von wütenden Weißen mit verzerrten Gesichtern herumschrie und ein paar kleinen Schwarzen den Finger zeigte, bloß, weil die zur Schule gehen wollten. Ich hatte die Bilder gesehen, aber ich hatte nicht so recht kapiert, wieso diese Weißen ein paar Kinder dermaßen hassen konnten.
»Ja, das hab ich.« Ich brauchte Dad nicht zu erzählen, daß ich das nicht begriffen hatte.
»Na, und so wird die Welt sehr oft für euch Kinder aussehen. Byron ist jetzt alt genug, um zu kapieren, daß die Kindheit für ihn zu Ende geht, er muß einsehen, daß die Welt nicht nur Jux für ihn auf Lager hat. Er muß darauf vorbereitet sein.«
Wieder sah Dad mich an, um sich davon zu überzeugen, daß ich das begriff. Ich nickte.

»Grandma Sands sagt, daß in ihrer Gegend alles ruhig ist, aber wir finden, Byron muß eine Vorstellung davon kriegen, wie die Welt aussehen kann, und vielleicht öffnet es ihm die Augen, wenn er einige Zeit unten im Süden verbringt.«
Wieder nickte ich.
»Momma und ich machen uns große Sorgen, weil bei jungen Leuten soviel schieflaufen kann, und Byron scheint wild entschlossen zu sein, da wirklich keine Möglichkeit auszulassen. Verstehst du jetzt, warum wir Byron nach Birmingham schicken?«
»Ich glaub schon, Dad.«
»Gut, denn siehst du, Kenny, wir haben alles getan, was wir konnten, aber die Versuchungen hier in Flint scheinen für By einfach zu groß zu sein. Hoffentlich hilft ihm das langsamere Tempo in Alabama, wo es nicht ganz so viele Versuchungen gibt. Hoffentlich sieht er ein, daß es an der Zeit ist, mit den ganzen Albernheiten aufzuhören. By kommt zurück, vielleicht nach dem Sommer, vielleicht nächstes Jahr. Das liegt jetzt ganz allein bei ihm.«
Ich fand es wunderbar, wenn Dad mit mir sprach wie mit einem Erwachsenen. Ich kapierte höchstens die Hälfte von seinem ganzen Gefasel, aber es war toll, so angeredet zu werden. Und wenn jemand mit dir redet wie mit einem Erwachsenen, darfst du dir auf keinen Fall in der Nase bohren oder dir die Unterhose aus der Arschfalte fischen.
»Alles klar, Dad, danke.«
Er lächelte, drehte den Ultra-Glide wieder lauter und strich mir mit der Hand über den Kopf.
Manchmal machte mir die Vorstellung, mal erwachsen zu werden, ganz schön angst. Ich konnte nicht begreifen, wie Momma und Dad wissen konnten, was sie zu tun hatten. Ich konnte nicht begreifen, woher sie wußten, wie sie mit Byron umgehen sollten.

»Dad?«

»Hmmm?«

»Ich glaub nicht, daß ich je wissen werde, was ich tun soll, wenn ich erwachsen bin. Du und Momma, ihr scheint so viel zu wissen, was ich niemals lernen kann. Das kommt mir wirklich unheimlich vor. Ich werd bestimmt als Vater nie so gut sein wie ihr beide.«

Dad drehte den Ultra-Glide wieder ein bißchen leiser. »Kenny, weißt du noch, wie wir Ausflüge gemacht haben, und dann hab ich dich auf den Schoß genommen und das Auto lenken lassen?«

Ich lächelte. »Klar. Heißt das, daß ich das auch auf der Fahrt nach Alabama tun darf?«

»Sicher, aber das hab ich nicht gemeint. Weißt du noch, wie groß und unheimlich dir das Auto vorgekommen ist, als du zum ersten Mal hinter dem Lenkrad gesessen hast?«

Dad hatte recht. Obwohl ich wußte, daß er ganz genau aufpaßte, war es noch immer unheimlich, den Braunen Bomber lenken zu sollen.

»So ist es auch, erwachsen zu sein. Zuerst ist es unheimlich, aber ehe du dich versiehst, hast du eine Menge Übung und die Sache im Griff. Hoffentlich hast du noch ganz viel Zeit, um das Erwachsensein zu üben, ehe du es wirklich sein mußt.«

Das klang überzeugend, fand ich.

»Und was das Elternsein angeht, da mach dir keine Sorgen. Du lernst aus den Fehlern, die deine Mutter und ich machen, so, wie wir aus den Fehlern unserer Eltern gelernt haben. Ich hab wirklich keinen Zweifel, daß du und Byron und Joey als Eltern viel besser sein werdet als eure Mutter und ich das je schaffen können.« Dad verstummte für eine Sekunde. »Und außerdem, manchmal kommt es uns gar nicht vor, als ob wir so gut wären. Du hast schon recht, Kenneth, es kann unheimlich sein, und es wird noch unheimlicher, wenn du für drei kleine Leben verantwortlich bist. Sehr viel unheimlicher.«

Ich war gespannt, ob Dad noch weiter so mit mir reden würde, aber er drehte die Musik laut. Wir hörten uns noch eine Weile seinen Müll an, dann fragte ich: »Dad?«
»Ja.«
»Ich hab noch eine Frage.«
Er drehte den Ultra-Glide wieder etwas leiser und blickte mich ernst an. »Was möchtest du wissen, Kenny?«
»Ist es schon zu spät, um Yakety Yak zu hören?«
Dad lachte und schickte mich ins Haus. Ich mußte aber versprechen, es nur dreimal zu hören.
Nach dem dritten Mal fragte ich: »Dad, warum hast du diesen Plattenspieler gekauft? Gibt's in Alabama keine Radiosender?«
»Doch, gibt es, massenhaft, aber weißt du, wenn du erst mal südlich von Cincinnati bist, dann spielen die Radiosender nur noch Hillbilly. Und ob du's glaubst oder nicht, aber wenn du dir irgendeine Musik lange genug anhörst, dann gewöhnst du dich zuerst daran, und schließlich gefällt sie dir sogar. Als wir geheiratet haben, haben deine Mutter und ich verabredet, daß es ein Grund zu sofortiger Scheidung sein soll, wenn einer von uns sich je die wunnerbare, wunnerbare *Lawrence Welk Show* ansieht oder Country-Musik hört. Und nun hab ich mich irgendwie an deine Mutter gewöhnt und will nicht, daß sie mich vor die Tür setzt, und statt zu riskieren, daß ich plötzlich Country-Musik toll finde, nehm ich uns lieber unsere eigene Musik mit.«
Ich fand das ja vernünftig, aber Momma kaufte ihm diese Geschichte nicht ab, und als wir während der nächsten Woche alles für die Fahrt nach Alabama vorbereiteten, erinnerte sie Dad immer wieder daran, wieviel der Ultra-Glide gekostet hatte und daß er all ihre Pläne in ihrem Notizbuch ruinierte.

Joey und ich spielten gerade im Wohnzimmer, als Momma und unsere Nachbarin Mrs. Davidson hereinkamen.
»Hallo, Joetta. Hallo, Kenneth.«
»Hi, Mrs. Davidson.«
Ich sah sofort, daß sie etwas hinter ihrem Rücken versteckte. Sie sagte: »Ich seh dich jetzt ja eine Weile nicht mehr, und da wollte ich dir was schenken, damit du mich nicht ganz vergißt, Herzchen.« Sie hielt Joey eine Schachtel hin.
Ich hätte Joey immer umbringen können, wenn sie Geschenke auspackte. Statt das Papier runterzureißen, suchte sie zuerst sorgfältig jedes Stückchen Klebeband und puhlte es mit äußerster Vorsicht ab. Sie brauchte ungefähr zwei Tage, bis sie alles Papier weg hatte und die Schachtel offen war. Schließlich hielt sie ihr Geschenk hoch.
Ich glaube nicht, daß Mrs. Davidson das aufgefallen ist, aber ich wußte sofort, daß Joey von dem Geschenk nicht übermäßig begeistert war. Sie sah kurz zu Momma hinüber, und Momma sah sie an, dann sagte Joey: »Vielen Dank, Mrs. Davidson.«
Momma lächelte.
Mrs. Davidson nahm Joey das Geschenk ab und reichte es Momma. »Siehst du, Wilona, es sieht genauso aus, wie ich dir erzählt hab. Sieh dir doch dieses Lächeln an! Als ich es gesehen hab, hat es mich sofort an Joetta erinnert. Ist das ihr Lächeln oder was? Und weißt du überhaupt, wie ich diesen Engel getauft hab?«
Joey stellte sich blöd und sagte: »Nein, Mrs. Davidson.«
»Ich hab ihn nach meinem kleinen Lieblingsmädchen getauft, und dieser Engel heißt Joetta.«
Ich ging hinüber, um mir das Geschenk genauer anzusehen. Mrs. Davidson hatte Joey einen kleinen pausbackigen Engel mit großen Flügeln und einem Heiligenschein aus Stroh gekauft. Das einzige an seinem Lächeln, das für mich Ähnlich-

keit mit Joey hatte, war, daß der Engel auch ein tiefes Grübchen hatte. Er war aus weißem Ton und sah aus, als ob irgendwer vergessen hätte, ihn anzumalen. Das einzige an ihm mit etwas Farbe waren seine Wangen und seine Augen. Die Wangen waren rot, und die Augen waren blau.
Mrs. Davidson sagte: »Ach, Kind, komm noch mal in meine Arme, ehe ich los muß.«
Joey stand auf und umarmte Mrs. Davidson, dann nahm sie ihren Engel und sagte: »Ich bring ihn auf mein Zimmer. Vielen Dank, Mrs. Davidson.«
»Gern geschehen, Schätzchen.« Mrs. Davidson sah aus, als ob sie gleich losheulen würde. Wir wußten alle, daß sie Joey entführen würde, wenn sie nur könnte. Sie war einfach verrückt nach ihr.
Als Mrs. Davidson gegangen war, ging Momma nach oben zu Joey.
Ich schaute durchs Schlüsselloch.
Die beiden saßen auf Joeys Bett.
»Ich war vorhin sehr stolz auf dich, Joey. Was war denn los?«
»Dieser Engel, Mommy.«
»Ja?«
»Mrs. Davidson hat gesagt, der erinnert sie an mich, aber der sieht doch überhaupt nicht aus wie ich.«
Momma sah sich im Zimmer um. »Wo hast du ihn hingesteckt?«
»In die Sockenschublade.«
Joey war so ordentlich, daß sie für Socken eine besondere Schublade hatte.
Momma holte den Engel heraus und setzte sich wieder neben Joey.
»Herzchen, ich weiß, wieso er sie an dich erinnert. Sieh dir nur dieses Grübchen an.«
»Aber, Mommy, der ist doch weiß!«

Momma lachte. »Na, Süße, ich kann das nicht abstreiten, aber Engel ist Engel, meinst du nicht?«
»Vielleicht, aber ich weiß, daß dieser Engel nicht Joetta Watson heißt.«
»Jedenfalls bin ich froh, daß du Mrs. Davidson nicht verletzt hast. Wirf den Engel nicht weg, vielleicht gefällt er dir ja eines Tages doch noch. Wo soll ich ihn hintun?«
»Wieder zu den Socken.«
Momma lachte.

Der einzige, der sich nicht auf die Fahrt nach Alabama vorbereitete, war Byron. Er tat so, als ob überhaupt nichts passieren würde, obwohl Momma unsere Klamotten zusammensuchte und in Koffer stopfte.
Der grüne Stinkbaum wurde ins Rückfenster gehängt, und Listen und Pläne wurden gemacht, aber Byron schien das alles nicht zu bemerken. Selbst nach einigen weiteren gebrüllten Telefongesprächen mit Alabama war Daddy Cool noch immer cool.
Byron wurde nicht mal nervös, als Momma jede Menge Essen in die riesige grüne Kühltasche packte, die wir von den Johnsons leihen konnten. Und als das alles erledigt war, war endlich der Abend vor unserem Aufbruch gekommen.
Wir waren gerade ins Bett gegangen. Byron lag oben in seinem, ich unten in meinem. Ich war so aufgeregt, daß ich wie blöd drauflosredete, aber das war das reine Selbstgespräch. Byron antwortete einfach nicht. Schließlich wurde an unsere Tür geklopft.
»Herein!«
Es waren Momma und Dad. Momma sagte: »Licht aus, Kenneth. Byron, du kommst mit uns.«
»Warum denn?«
»Wir haben uns gedacht, daß das doch bis auf weiteres deine

letzte Nacht in Flint ist und daß du da vielleicht bei uns schlafen möchtest.«

»Ihr habt euch was gedacht?« Byron hatte so eine Art, ganz kurze Bemerkungen zu machen, die sich anhörten, als ob er sehr viel mehr gesagt hätte.

»Na los, By, du pennst heute nacht bei uns«, sagte Dad.

»Oooooo Mann ...«

Byron sprang aus dem oberen Bett und bedachte mich mit seinem Todesblick.

Ich zuckte nur mit den Schultern.

Ich nehme an, Momma und Dad hatten das Gerücht gehört, daß By am Abend vor seiner Verlegung nach Alabama einen Ausbruchsversuch unternehmen wollte. Er dachte, ich hätte ihn verpetzt, aber in Wirklichkeit war das Joey.

Sie wußte, wenn Momma und Dad morgen aufstehen würden und By dann verschwunden wäre, dann wäre er wirklich ein toter Mann, wenn sie ihn schließlich erwischten, deshalb hat sie ihm wohl auf diese Weise das Leben gerettet. By allerdings wußte das überhaupt nicht zu schätzen.

Ich stieg heimlich aus dem Bett, nachdem Momma und Dad Byron festgenommen hatten. Ich war zu aufgeregt zum Schlafen und zu aufgeregt zum Essen. Ich schaute aus dem Fenster den Braunen Bomber an und konnte einfach nicht glauben, daß der uns den ganzen Weg bis nach Alabama bringen würde.

Die Reise kam uns erst am nächsten Morgen um neun wirklich vor, als wir im Auto saßen, Rufus zum Abschied zuwinkten und auf die I-75 zusteuerten, eine Straße, die den ganzen Weg von Flint nach Florida führt. Eine einzige Straße!

Wir hatten die Autobahn noch nicht erreicht, als Momma uns auch schon aus ihrem Notizbuch vorlas und uns alles erzählte, was sie für die nächsten drei Tage geplant hatte.

»Tag eins, heute. Wir verlassen Flint und fahren in fünf oder fünfeinhalb Stunden dreihundert Meilen, was uns nach Cincinnati bringt.«

Dreihundert Meilen an einem Tag! Mir kam das einfach unmöglich vor. Joey und ich schüttelten die Köpfe. Byron schaute aus dem Fenster.

»In Cincinnati nehmen wir uns ein Motelzimmer. Wir haben genug Decken mitgebracht, ihr Kinder könnt deshalb auf dem Boden schlafen.«

Joey und ich jubelten. Wir waren noch nie in einem Motel gewesen. Byron starrte weiter aus dem Fenster.

»Tag zwei, morgen. Euer Dad und dieses Auto sind beide nicht mehr die Jüngsten, und deshalb wollen wir sie nicht allzu sehr strapazieren. Also stehen wir ganz früh auf und fahren in etwa fünf oder sechs Stunden zweihundertfünfzig Meilen. Auf diese Weise erreichen wir Knoxville, Tennessee. Mr. Johnson sagt, es gibt dort saubere, sichere Rastplätze, wo wir die Nacht im Auto verbringen können. Wenn das stimmt, dann machen wir das, wenn nicht, müssen wir versuchen, auch in Knoxville ein Motelzimmer zu finden.

Tag drei, Montag. Das wird ein harter Tag für euren Daddy, denn er muß über sechs Stunden lang fahren. Nach Knoxville sind es noch etwa dreihundert Meilen. Wenn wir früh genug aufbrechen, dann müßten wir gegen drei Uhr nachmittags zu Hause eintreffen.« Momma blätterte eine Seite in ihrem Notizbuch um. »Wir können auf der Hin- und auf der Rückfahrt jeden Tag eine Hamburger-Pause einlegen.«

Als wir das hörten, brachen Joey und ich wieder in Jubel aus. Byron stellte sich taub.

»Wenn wir bei Knoxville im Auto schlafen, erwirtschaften wir noch einen Stop. Ansonsten haben wir massenhaft Brathähnchen, Sirup, Kartoffelsalat, Brote und Obst für die ganze Fahrt im Kofferraum. Und ich bin sicher, daß Grandma Sands uns für die Rückfahrt auch genug mitgeben wird.«

Ich dachte kurz darüber nach, dann fragte ich: »Momma, warum fahren wir nicht einfach, bis Dad müde wird, und halten dann an?«
Dad sagte mit nachgeäfftem Hillbilly-Akzent: »Weil, Junge, dassier is der tiefe Süden, wo wir hinfahrn. Un da könnt ihr Schwarzen nich so einfach überall Essen und Schlafen, klar, Junge? Ich frag, klar, Junge?«
Wieder lachten Joey und ich, und sogar By verzog ein wenig den Mund. Und das ermutigte Dad nur dazu, mit seinem Südstaatenkram weiterzumachen.
»Hasse das nich gewußt, Junge? Wassen los mit dir, meinße, dassier is Amärika?«
Momma hatte wirklich alles für diese Fahrt geplant, alles. Wo wir essen und was wir essen würden, wer am Tag ein Mettwurstbrot bekommen würde, wer am Tag zwei Thunfischbrote, wer am Tag drei Erdnußbutterbrote mit Gelee. Sie hatte sich überlegt, wie lange wir es aushalten könnten, ohne aufs Klo zu gehen, wieviel Geld wir für Hamburger ausgeben dürften, wieviel Geld wir für Notfälle brauchten, alles. Sie hatte sich überlegt, wer an welchem Tag am Fenster sitzen dürfte, und wer dafür zu sorgen hätte, daß sich im Auto nicht Papier und Abfälle auftürmten.
Als sie uns diesen ganzen Kram vorgelesen hatte, fragte ich, ob ich mal ihr Notizbuch sehen dürfte. Sie gab es mir, und ich sah, daß auf dem Einband in großen schwarzen Buchstaben stand: »Die Watsons fahren nach Birmingham – 1963.« Sie hatte sogar eine Blume gezeichnet, auf der gerade ein großer fetter blöder Vogel landen wollte. Momma ist wirklich eine miese Malerin, Mensch!
»Warum will dieser Vogel auf der Blume landen, Momma?«
Dad prustete los. »O Kenneth, das hab ich sie auch gefragt, und sie war zutiefst beleidigt.«
Momma sagte: »Das ist eine Biene, kein Vogel.«

Ich nehme an, wenn man die Augen ein bißchen verdrehte, dann sah es entfernt wie eine Biene aus, aber nur entfernt.
Momma war auch in der Bücherei gewesen und hatte sich über alle Staaten informiert, die wir durchqueren würden. Wir mußten uns jede Menge öden Müll über die Autobahn anhören – wie viele Jahre der Bau gedauert hatte, wie viele Meilen sie lang war, wieviel der Bau gekostet hatte, daß sie von der Upper Peninsula in Michigan bis nach Florida führte, allerhand aufregende Neuigkeiten. Halbwegs interessant war nur, wie viele Menschen bei den Bauarbeiten umgekommen oder verletzt worden waren. Ich hätte nie gedacht, daß Autobahnbau so gefährlich sein kann.
Sie hatte auch Bücher und Puzzles und Spiele mitgenommen. Sie gab sich wirklich Mühe, die Fahrt interessant zu gestalten. Was mich aber vor allem interessierte, war Byron.
Zwei Tage vor unserer Abfahrt war Buphead zu Besuch gekommen. Wir drei waren in Bys und meinem Zimmer. Sie hatten versucht, mich hinauszuekeln, aber ich war geblieben. Sie saßen auf dem oberen Bett, ich auf dem unteren.
»Mann«, schimpfte Buphead, »ich könnt mit deinem Alten nicht zusammenleben, das würd jeden Tag Prügel geben, echt.«
»Was soll ich denn sagen?« fragte Byron.
»Nicht viel. Ich kann's einfach nicht fassen, daß sie dich den ganzen verdammten Sommer im heißen alten Alabama verbringen lassen wollen. Meine Fresse, an deiner Stelle würd ich woanders hingehen. Bis du zurückkommst, bist du schwarz wie ein Pik As, die haben da unten eine saustarke Sonne.«
»Ja, aber weißt du was, ich hab eine Idee, wie ich den alten Spießern das heimzahlen kann.«
»Ach, und was hast du vor?«
»Ich weiß noch nicht genau, ob ich überhaupt mitkomme, aber wenn, dann weiß ich, daß sie auf der Fahrt so eine Art

Kinder-Fernsehshow abziehen werden, weißt du, Spiele spielen und Kühe zählen und raten, wie viele rote Autos wir auf den nächsten zwei Meilen sehen werden und diesen ganzen Quatsch, aber darauf bin ich vorbereitet.«
»Ja?«
»Ja, ich werd was machen, was ihnen diesen ganzen Dreck verleidet.«
»Was denn, Daddy-o?«
Byron fiel ein, daß ich noch immer auf dem unteren Bett saß, und er lugte über die Bettkante und zeigte auf mich. »Wenn du irgendwem auch nur ein Wort sagst, dann reiß ich dir deinen kleinen Leichtgewichtshintern auf, klar?«
Ich sagte: »Ooo Mann...«
By verschwand wieder auf seinem Bett. »Ja, Buphead, wenn ich mitfahre, dann werd ich die ganze verflixte Fahrt über durchhalten, und egal, was sie mit mir anstellen, ich werd kein einziges Wort sagen.«
»Mann! Wie lange dauert diese Fahrt denn?«
»Drei Tage.«
»Spitze. Das wird ihnen eine Lehre sein.«
Sie legten die Handflächen aneinander, und By sagte: »Ja, das kannst du wohl sagen.«
Aber kaum hatten wir Detroit erreicht, fragte Byron: »Wie wollen wir mit diesem Plattenspieler umgehen?«
Dad blickte in den Rückspiegel und fragte: »Wie meinst du das?«
»Wechseln wir ab?«
»Na, Byron, ich glaub, wir warten erst mal noch eine Weile, wir können noch bis Ohio CKLW hören, und da spielen sie ziemlich gute Sachen.«
»Aber wenn wir den Plattenspieler einschalten, wechseln wir uns dann ab?«
»Sicher.«

»Spitze. Kann ich anfangen?«
»Sicher, wir gehen hier nach dem Dienstalter.« Dad war in der Automechanikergewerkschaft, deshalb war bei uns das mit dem Dienstalter sehr wichtig.
»Spitze.«
Ich konnte einfach nicht dagegen an, ich beugte mich über Joey hinweg und sagte ziemlich leise zu By: »Na, das war ihnen aber eine Lehre, was? Himmel, die haben dich ja richtig angefleht, damit du den Mund aufmachst, was, Daddy-o?«
Byron überzeugte sich davon, daß Joey uns nicht zusah, dann zeigte er mir den Finger und verdrehte die Augen.
»Links, Kinder, das Tiger Stadium!« Momma zeigte uns unterwegs die Sehenswürdigkeiten, an denen wir vorbeikamen.
Als Rache für den Stinkefinger fragte ich By laut: »Wie viele Kühe hast du schon gezählt, By? Und wie viele rote Autos?«
Er verpaßte mir sein berühmtes Totenglotzen, dann beugte er sich über Joey hinweg und flüsterte: »Keine Autos, keine Kühe, aber deine Momma hab ich schon sechsmal gezählt!«
Ich konnte es nicht fassen! Wer redet denn so über seine eigene Momma? Ich sagte: »Das ist auch deine Mutter, du Dussel.« Ich wußte aber, daß ihm das egal war. Und ich mußte ihm das einfach heimzahlen, deshalb sagte ich das einzige zu ihm, was ihn wirklich ärgerte, ich sagte: »Vielleicht hast du meine Momma schon sechsmal gezählt, aber hast du in letzter Zeit auch deinen Mund gezählt, Lippenloses Wunder?«
Damit hatte ich ihn. Er zeigte mir die Zähne und sagte: »Du kleiner ...« und versuchte, mich zu packen.
Dad sah uns aus dem Rückspiegel an.
»Okay, ihr beiden, ich hab gesagt, macht keinen Blödsinn, und das war auch so gemeint.«
Byron formte mit den Lippen lautlos den Satz: »In Alabama reiß ich dir den Hintern auf, du Blödmann.«

Ich war also ziemlich gut gelaunt, als wir über die I-75 in Richtung Birmingham fuhren. Obwohl By jedesmal, wenn ich ihn ansah, die Augen verdrehte, war mir das egal, denn ich wußte, daß ich ihn diesmal schlimmer nervte als er mich.

In Gottes Bart verwickelt

»Noch ungefähr eine Minute bis Ohio.« Das war das erste Interessante, was Momma uns seit Detroit zu sagen hatte. Kurz vor Toledo fuhren wir auf einen Rastplatz.
Momma sagte: »Okay, wer muß zur Toilette? Und wer hat Hunger?« Wir stiegen aus dem Auto und fingen an, uns zu kratzen und zu strecken.
Der Rastplatz in Ohio war wirklich spitze! Er war voll aus dem Wald herausgehauen und hatte Picknicktische aus riesigen Holzblöcken. Auch die Toiletten waren aus diesem Holz. Das einzige Problem war, daß sie von außen so klein aussahen.
Momma blickte in ihr »Die Watsons fahren nach Birmingham – 1963«-Buch und sagte: »Okay, hier gibt's nur ein Brot, ein bißchen Obst und Sirup. Daniel, mach mal den Kofferraum auf, damit ich den Kram aus der Kühltasche nehmen kann.«
Während Momma das Essen holte und Dad unter die Motorhaube des Braunen Bombers schaute, ging ich zu der Tür des kleinen Blockhauses, in der »Männer« eingeschnitzt war.
Als ich die Tür aufmachte, fiel mir das Kinn runter. Die Toiletten in Ohio waren ganz anders als die in Michigan. Statt eines weißen Stuhls mit einem Sitz gab es nur einen Sitz auf einem Stück Holz und darunter ein riesiggroßes, offenes schwarzes Loch, in dem Fliegen herumzusummen schienen. Keine Spülung, kein Wasser, kein gar nichts. Und wer sich auf diesem

Sitz niederließ, konnte vielleicht hineingesaugt werden und dann irgendwo unter Ohio herumschwimmen!

Ich atmete durch den Mund und blieb nur lange genug in der Blockhütte, um eine Rolle Klopapier abzurollen. Der Wald draußen erschien mir als weitaus bessere Toilette.

Als ich im Wald fertig war, kam ich an Byron vorüber, der schon wieder sein Versprechen, nichts zu sagen, vergessen hatte. Er sagte zu mir: »Mann, die müssen doch bescheuert sein, wenn sie sich einbilden, ich würde meinen Hintern auf dieses Loch setzen.« Auch By hatte die Hände voll Klopapier.

Wir aßen an einem der Picknicktische, und Momma verdünnte den Sirup mit Wasser, das Joey und ich an der Pumpe geholt hatten. Allerdings schmeckte dieser Saft nur Momma. Das Wasser hatte einen Metallgeschmack, und der Sirup schmeckte wie Pferdemedizin.

Dad, By, Joey und ich kippten unseren Saft aus, als Momma gerade nicht hinschaute, aber ich mußte um mehr bitten und mir die Nase zuhalten und trinken, weil ich am Tag eins mit Erdnußbutter und Gelee an der Reihe war und Momma immer zuviel Erdnußbutter auf die Brote strich, und dann mußte man immer was zu trinken haben, sonst konnte man glatt daran ersticken.

Als wir mit Essen fertig waren, fragte Byron: »Was sind denn das für Toiletten?«

Momma und Dad prusteten los.

»Die haben dir also gefallen, was?« fragte Dad.

Momma sagte: »Gewöhn dich lieber gleich daran, Byron, das sind Außenklos, und Grandma Sands hat auch so eins.«

»Was?« Wenn man versucht, die ganze Zeit cool zu sein, und wenn man dann überrascht wird, dann sieht man einfach bescheuert aus.

»Jaja«, sagte Dad. »Da wirst du jetzt für eine Weile deine Geschäfte verrichten.«

By sagte: »He, wart mal, willst du sagen, wenn ich muß, dann muß ich nach draußen in so eine miese kleine Bude? Haben die da unten denn keine Hygienevorschriften? Wie kann man denn ein Loch als Klo benutzen, ohne daß die Leute krank werden? Locken diese Dinger denn keine Fliegen an?«
Wieder lachten Momma und Dad. Momma sagte: »Deine Grandma findet es viel scheußlicher, das im Haus zu machen. Sie findet ein Haus sehr viel schöner, wenn die Toiletten draußen sind.«
»Ach, ich erinnere mich an diese Außenklos!« sagte Dad. »Ich weiß noch, wie wir meine Grandma auf dem Land besucht haben, und da lag im Klohäuschen ein Sears-Katalog, und wer fertig war, riß einfach eine Seite raus und …«
»Wir haben schon verstanden, Daniel.« Momma fiel Dad ins Wort. Nach dem Essen ging By noch mal zum Blockhausklo und stopfte sich die Taschen mit Toilettenpapier voll. »Himmel, die spinnen doch, wenn die meinen, ich würd mir den Hintern mit rauhem altem Katalogpapier wischen!«
Wir legten die Kühltasche wieder in den Kofferraum und fuhren zurück auf die I-75.
Wenn du zehn Jahre alt bist, dann passiert es manchmal, egal, wie aufgeregt du bist, und egal, wie hart du dagegen ankämpfst, daß du im Wagen einschläfst. Ich hielt immerhin viel länger durch als Joey. Sie war schon weggeknackt, als ich mir noch nicht mal die restliche Erdnußbutter aus den Zähnen gesaugt hatte.
Sie streckte sich auf dem Rücksitz aus, und By und ich stritten uns, wer ihren Kopf und wer ihre Füße auf den Schoß nehmen sollte. Joey sabberte nämlich, und es war deshalb schlimmer, ihren Kopf zu erwischen.
Wir hatten Momma so oft aufgezogen, weil sie alles in ihr Notizbuch geschrieben hatte, daß By beschloß, den Schnabel

richtig weit aufzureißen und fragte: »Öh, könnte vielleicht irgendwer in diesem ›Die Watsons fahren nach Birmingham‹-Buch nachsehen, wer auf den ersten hundert Meilen in Ohio Joeys lecken Kopf zu halten hat?«
Momma und Dad sahen sich an und lachten. Und ich lachte auch. Ich weiß wirklich nicht, warum miese Typen wie By immer soviel Humor haben.
Es war auch egal, wer sich dabei durchsetzte, denn das Auto wiegte mich in den Schlaf. Vielleicht konnte man behaupten, der Braune Bomber sei alt und häßlich, über seine Sitze ließ sich jedenfalls nichts Böses sagen, sie waren die besten auf der Welt. Ich ließ den Kopf zurücksinken und sah zu, wie Ohio an uns vorüberschwirrte.
Ich konnte einfach nicht dagegen an, daß mein Kopf immer tiefer im Sitz des Braunen Bombers versank.

Ich erwachte und spürte gleich, daß in meiner Hose was Nasses an meinem Bein hinunterlief. Ich riß die Augen auf und sagte: »Hu!«
Aber es war nur Joey, die mich ausgiebig vollgesabbert hatte. Ich beschwere mich, und Momma befahl By, für eine Weile Joeys Kopf zu übernehmen.
Ich zog ihr die Schuhe aus, und in einem Schuh hatte sie ein verschlissenes Foto von einem kleinen weißen Jungen mit Mädchenfrisur und einem lächelnden Hund. Im Kreis war um beide herum geschrieben: »Buster Brown.«
Als ich wieder einnickte, fragte ich mich, was der kleine weiße Junge wohl sagen würde, wenn er wüßte, daß meine Schwester jeden Tag auf ihm herumtrampelte. Dann wurde mein Hals wieder zu Gummi, und mein Kopf kippte weg.
Er kippte noch, als ich hörte, wie Momma ganz sanft zu Dad sagte: »Wie geht's dir? Wir sind gleich in Cincinnati.«
»Ach, mir geht's gut. Ich kann noch endlos weiterfahren. Ich

glaub, wir machen in Cinny nur eine kurze Verschnaufpause und tanken.«
»Wirklich?« Momma klang nicht besonders glücklich.
»Sicher, warum nicht? Die Kleinen schlafen alle, und du warst zwischendurch auch ganz schön weit weg.«
Momma schwieg, aber ich wußte, daß sich ihre Pläne ändern würden, wenn wir die Nacht nicht in Cincinnati verbrachten. Dad gab sich weiter Mühe, so zu tun, als wäre alles ganz normal. Er lächelte und sagte: »Mach dir keine Sorgen, Wilona, wir können noch ein bißchen weiterfahren, kein Problem.«
Ich wollte mich vorbeugen und Momma zuflüstern, daß ich Daddys Pläne kannte, aber als ich zuletzt eingenickt war, hatte mir By wieder Joeys Kopf auf den Schoß gelegt, und ich war einfach zu faul, um sie zu bewegen. Aber ich wußte, wenn ich nicht so schläfrig wäre, dann könnte ich Momma erzählen, was ich vor unserer Abreise von Dad und Mr. Johnson gehört hatte.
Mr. Johnson hatte sehr viel Ahnung von Autos, und deshalb bat Dad ihn, sich vor unserer Fahrt nach Alabama den Bomber noch mal genau anzusehen. Ich saß im Wagen und spielte Fahren, und Dad und Mr. Johnson schauten zusammen unter die Motorhaube.
»Ach was, Daniel, dieses Baby ist gesund wie der Dollar.«
»Na, dann möchte ich dich was fragen«, sagte Dad. »Meinst du, das Baby kann die Fahrt nach Alabama am Stück schaffen?«
»Hmmm.« Mr. Johnson überlege eine Minute. »Ich wüßte nicht, wieso nicht. Wenn du auf Öl und Wasser achtest, dürfte es keine Probleme geben. Die Frage ist nicht das Auto, die Frage ist, schaffst *du* das an einem Stück?«
»Also, mehr als acht Stunden am Stück hab ich bisher nicht geschafft, und Wilona sagt, das hier wird an die fünfzehn dauern, aber ich hab mit Leuten beim Job gesprochen, und die

meinen, so schlimm könnte das auch nicht sein. Zwei von denen sind aus Texas, und sie sagen, sie sind die ganze Strecke in einem Streifen gefahren. Alabama ist näher, also ... warum nicht?«
»Dieser Plymouth schafft es, wenn du es schaffst, Daniel.«
»Gut. Und denk doch, wieviel Geld wir dabei sparen. Ich werd's versuchen, aber ich werd's Wilona nicht verraten, die fällt sonst um. Sie hat die ganze Fahrt bis aufs I-Tüpfelchen geplant.« Dad ließ seine Stimme hoch und südlich klingen. »Daniel, zwischen Lexington und Chattanooga wirst du 105 564 mal einatmen und 436 475 mal zwinkern – es sei denn, natürlich, du siehst was Aufregendes, denn dann wirst du 123 876 mal einatmen und 437 098 mal mit den Wimpern zukken.«
Dad und Mr. Johnson prusteten los.
Als wir durch Cincinnati fuhren, hätte ich mich gern vorgebeugt und Momma zugeflüstert: »Hör mal, Momma, du wirst noch dreihundertachtundfünfzig Milliarden mal zwinkern und einatmen, ehe du aus diesem Auto rauskommst!« Aber die heiße Luft und der Straßenlärm und der Sitz des Braunen Bombers und die Art, wie Joey atmete, das alles ließ mich wieder einschlafen.
Ich war fast den ganzen Weg durch Kentucky weggetreten, obwohl wir noch an weiteren Rastplätzen im Stil von Ohio anhielten. Ich war so müde, daß ich sogar ein paarmal die Toiletten benutzte, aber dabei ließ ich die Tür offen und bat Dad, draußen zu warten, damit er mich im Notfall herausziehen könnte.
Als ich das nächste Mal aufwachte, hielten wir gerade an einem Rastplatz in Tennessee. Dort gab es keine Toiletten oder Blockhäuser oder so, nur eine Pumpe und einen Picknicktisch. Als Dad die Scheinwerfer ausschaltete, verschwand alles in der schwärzesten Nacht, die die Welt je gesehen hatte.

Wir schauten aus den Fenstern, und Momma sah in ihrem Notizbuch nach und verkündete: »Das hier sind die Appalachen. Wir befinden uns über sechstausend Fuß über dem Meeresspiegel, so hoch sind wir noch nie gewesen.« Sie schien darüber nicht besonders glücklich zu sein.
Alle vier Türen des Braunen Bombers öffneten sich, und die komischen Watsons stiegen aus. Als alle wach genug waren, um sich umzusehen, drängten wir uns um Momma und Dad zusammen, sogar der coole Byron.
Dad lachte. »Was ist denn mit euch los, Leute?«
»Daddy, sieh doch nur, wie unheimlich es hier ist!« sagte Joey und zeigte auf die riesigen Umrisse in der Dunkelheit.
»Unsinn, Herzchen, das sind nur die Berge.«
Was Dad »nur die Berge« nannte, war das Gruseligste, was ich je gesehen hatte. Auf allen Seiten erhoben sich riesige große schwarze Berge, und dahinter kamen noch größere, schwärzere Berge, und dahinter dann die größten, schwärzesten Berge. Es war, als hätte jemand eine pechschwarze Decke zusammengeknüllt und die komischen Watsons genau über ihrer Mitte abgeworfen.
Die Luft hier oben kam mir auch seltsam vor. Sie gab mir das Gefühl, daß etwas Scheußliches passieren würde. Wenn wir uns in einem Film befunden hätten, dann wäre in dieser Szene laute, beängstigende Mundharmonikamusik gespielt worden.
»Mommy«, fragte Joey mit richtig ängstlicher Stimme. »Woher kommen die vielen Sterne?«
Wir blickten alle auf, und statt der normalen Menge von Sternen schien eine Sternenexplosion stattgefunden zu haben. Am Himmel gab es mehr Sterne als freie Stellen.
»Das liegt daran, daß die Luft hier so sauber ist. Es sieht aus wie der Himmel in Birmingham.«
Alles, was wir am Rastplatz in unserer Nähe sehen konnten, war die Pumpe. Sie sah aus wie ein deformierter, böser, einar-

miger Weltraumroboter. Als sich unsere Augen an die Dunkelheit gewöhnten, konnten wir auch den Picknicktisch und dahinter die schwarzen Wälder sehen.
Momma und Dad streiten sich normalerweise nicht in der Öffentlichkeit, aber diesmal war Momma stocksauer. Sie sagte: »Na, siehst du jetzt, was bei deiner Non-stop-Fahrerei herauskommt? Siehst du das? Statt in ein Motel hast du uns voll in die Hölle gefahren!«
Alle spitzten die Ohren, weil Momma sonst so gut wie nie fluchte. Mir machte das richtig angst. Ich weiß, daß das blöd war, aber ehe ich mich's versah, hatte ich auch schon gesagt: »Hölle? Und ich dachte, wir sind in Tennessee!«
Joey heulte sofort los.
Nachdem wir nervös an unserem Essen geknabbert hatten (alle saßen auf derselben Seite des Picknicktisches), mußten By und ich im Wald aufs Klo. Wir fanden zwei Bäume, wo wir uns gegenseitig im Auge behalten konnten, und ich fragte: »By, glaubst du, es gibt hier draußen Schlangen?«
»Schlangen? Die Scheißschlangen machen mir keine angst, ich mach mir wegen der Leute Sorgen.«
Ich schaute auf und betrachtete die schwarzen Wälder. »Was für Leute?« Ich wünschte, ich hätte mir einen Baum ausgesucht, der dichter an Byrons stand.
»Hast du nicht gehört, daß Momma gesagt hat, wir sind hier in den Appalachen?«
»Na und?«
»Mann, hier gibt's Krauter und Rednecks, die noch nie einen Schwarzen gesehen haben. Und wenn die deinen Arsch erwischen, dann hängen sie dich erst auf, und hinterher fressen sie dich.«
»Was ist ein Redneck?«
»Ein Bauerntrottel. Nur noch schlimmer. Einige von denen sprechen nicht mal Englisch.«

Wir rannten zum Braunen Bomber. Wenn Byron mir angst machen wollte, dann jagte er auch sich selber Angst ein. Ich lief aber zu schnell und spürte heiße Tropfen an meinem Bein hinunterrennen. Diesmal konnte ich nicht Joeys Gesabber verantwortlich machen. Aber mir war das egal. Ein bißchen Pisse in der Hose war immer noch besser als irgendeinem Redneck als Abendessen zu dienen.

Wir luden alles wieder ins Auto, und alle saßen angespannt da, bis Dad uns wieder auf die I-75 gefahren und die Scheinwerfer eingeschaltet hatte. Das Licht vertrieb ein wenig von der Dunkelheit, und wir fühlten uns wieder sicher. Allen war wohler zu Mute, und wir lachten und sabbelten nur so drauflos.

»Ich faß es nicht, wie diese Luft riecht«, sagte Dad.

Er hatte recht, alles roch leicht und grün.

»Wer ist jetzt mit dem Ultra-Glide an der Reihe?«

»Ich!« schrie ich. Ich reichte Momma »Yakety Yak«, und alle stöhnten.

Dad streckte die Hand aus dem Fenster, als das Lied einsetzte, und sagte: »Fühlt mal, wie kühl das ist. Als ob man Seide zwischen den Fingern hätte.«

Momma, Joey, ich und sogar Daddy Cool machten es ihm nach, und Dad hatte recht, es fühlte sich toll an.

»Wackelt mal mit den Fingern«, sagte Dad.

Das machten wir, und die Luft fühlte sich glatt und kalt an, wie sie über unsere Hände wehte.

»Wir sind so hoch oben, und die Luft ist so perfekt, und wißt ihr, was ich glaube?« fragte Dad.

»Was denn?«

»Ich glaube, wir haben unsere Finger in Gottes Bart gesteckt und wir kitzeln ihn im Weiterfahren.«

Byron tat so, als müßte er sich übergeben.

Als wir den Berg hinab fuhren und dabei unsere Arme aus den

Fenstern streckten und im Wind mit den Fingern wackelten, dachte ich mir, der Braune Bomber müsse aussehen wie ein Käfer, der auf dem Rücken liegt und mit vier mageren braunen Beinen strampelt und zuckt und versucht, wieder auf die Füße zu kommen.

Was immer wir hier machten, es war jedenfalls bisher der beste Teil der Reise. Was konnte schöner sein, als durch die Berge zu fahren, »Yakety Yak« zu hören und sich von kühler, leichter Luft umwehen zu lassen?

Bobo Brazil trifft den Scheich

Als ich das nächste Mal erwachte, wurde es gerade hell, und aus irgendeinem Grund war ich vorne, und Momma war auf dem Rücksitz. Als sich meine Augen an das trübe Licht gewöhnt hatten, sah ich, daß Dad mit einer Hand das Lenkrad hielt, während die andere draußen auf dem Seitenspiegel ruhte. Die grünen Lämpchen am Armaturenbrett ließen sein Gesicht verschwollen und müde aussehen, aber er lächelte vor sich hin.
Diesmal wußte ich, was mich geweckt hatte. Der Ultra-Glide war hängengeblieben. Während wir weiterfuhren, sagte die Platte immer wieder: »... and don't forget who's tak ... and don't forget who's tak ... and don't forget who's tak ...«
Ich wollte Dad darauf aufmerksam machen, aber er sah ziemlich zufrieden aus, und ehe ich den Mund aufmachen konnte, hatte die Platte mich wieder einschlafen lassen.
Als ich wieder aufwachte, war heller Tag, und Joey saß ebenfalls vorne und sabberte mich voll. Der Ultra-Glide sagte noch immer: »... and don't forget who's tak ...«
Dad schien gehört zu haben, daß ich jetzt anders atmete, denn er blickte auf mich herunter und sagte: »Na, na, na, schaut doch, wer beschlossen hat, ins Leben zurückzukehren!«
»Hallo, Dad, sind wir bald da?«
»O nein, *et tu, Brute*? Du warst meine letzte Hoffnung. By und Joey und deine Mutter fragen alle paar Minuten ›Sind wir

bald da?‹, und das hört sich an wie eine Platte mit einem Sprung.«
»Dad, die Platte *hat* einen Sprung.«
Dad schien das jetzt erst aufzugehen. »Ach, das. Kenny, ich fürchte, das ist mehr als nur ein Sprung. Etwas hier funktioniert nicht richtig.«
Er hob den Tonarm von der Platte und schaute zum Rücksitz, wo Momma fest schlief.
»Aber das bleibt unter uns, ja?«
»Sicher. Wie weit ist es noch?«
»Wir werden bei Grandma Sands sein, ehe du piep sagen kannst.«
Joey hatte uns zugehört. »Daddy, das hast du schon beim letzten Mal gesagt. Wie weit ist es noch? Ich hab dieses alte Auto satt.«
»Nicht mehr sehr weit, Süße.«
»Ich bleib wach und leiste dir Gesellschaft, Dad«, sagte ich.
»Ja, und ich auch«, sagte Joey.
Ich weiß nicht, wer zuerst wegknackte. Ich kann mich nicht daran erinnern, wie wir Alabama erreicht haben. Ich glaube, niemand von uns kann das, und Daddy schon gar nicht.
Wir saßen schon so lange im Auto, daß Dad einen Bart bekam. Winzige Härchen wuchsen aus seinem Gesicht. Die meisten waren schwarz, bis auf neun oder zehn, die waren weiß.
Dad sah wirklich arg, arg mies aus. Er lächelte noch immer vor sich hin, aber es sah nicht aus wie ein echtes Lächeln, sondern als ob er die Zähne zusammenpreßte und in irgendwas hineinbeißen wollte. Das schlimmste aber war, daß er das Radio eingeschaltet hatte und Country-Musik hörte. Er trommelte dazu sogar auf dem Lenkrad herum, als ob sie ihm richtig gefiele.
»Dad, weißt du, was du da hörst?«
Dad beschloß mitzuspielen. »Kenneth, ich hab mir überlegt,

daß wir uns alle Country-Namen zulegen sollten, wenn wir wieder in Michigan sind. Ich will Clem heißen, du heißt Homer, By Billy-Bob, Joey Daisy Mae und deine Mutter ... hm, deine Mutter heißt dann ... na, ich glaub, deine Mutter kann einfach weiter Wilona heißen, ich glaub, einen countrymäßigeren Namen finden wir doch nicht, was meinst du?«
Dad und ich prusteten los.
Mommas Kopf tauchte auf dem Rücksitz auf, und sie sagte supersüdlich: »Okay, Clem, ich hoff nur, wenn wir in Birmingham sind, dann kannst du der Oma von diesen Babys hier erklären, wieso du sie auf dieser langen Fahrt zu kleinen Zombies gemacht hast.«
Dad lachte. »Na, Wilona, so schlimm war's nun auch wieder nicht. Ich werd sogar was zugeben, was ich vielleicht nicht zugeben sollte.«
Momma rieb sich die Augen, dann legte sie mir die Hand auf den Kopf. »Und das vor den Ohren von unserem Homerchen, ha?«
Alles wachte auf und reckte und kratzte sich.
Momma zog Dad weiter auf. »Und wie wär's mit 'nem kleinen Mundvoll, Clem, die Sonne scheint schon seit Stunden, und du hast noch nicht die Fallen durchgesehen, und wir wissen nicht, ob's Waschbärpastete zum Frühstück gibt.«
Dad rief: »Jaaaha!«, und dann sagte er: »Wollt ihr gar nicht wissen, wieso ihr wie eine kleine Bande von Engeln geschlafen habt?«
Byron sagte: »Wie soll denn irgendwer mitten in einer Wagenladung von Spießern wach bleiben?«
»Jedenfalls«, sagte Dad, »ich werd jetzt die Katze aus dem Sack lassen. Ich hab zwei verschiedene Sorten von gedanklicher Kraft angewandt, um diese Fahrt so glattgehen zu lassen. Zuerst hab ich nach einer Weile die Straße angestarrt, und da gab's überhaupt kein Problem. Es gab nur mich, die Straße

und den Braunen Bomber, alle auf eine Melodie eingestimmt, und solange ich der zuhörte, war alles gut. Meine größte Sorge warst du, Wilona. Ich wußte, daß du schließlich herausfinden würdest, daß ich nicht anhalten wollte, und du mußt zugeben, du warst deshalb zuerst ganz schön sauer, oder?«
»Das bin ich noch immer, und das weißt du.« Momma war außer sich, weil ihre ganze Planerei im Notizbuch umsonst gewesen war.
»Aber, Wilona, du mußt zugeben, daß du einverstanden warst, als du erst mal ausgerechnet hattest, wieviel Geld wir auf diese Weise sparen würden.«
Momma grunzte vor sich hin und sagte weder ja noch nein.
Dad räusperte sich und fuhr sich mit der Hand über die Bartstoppeln an seinem Kinn. Wir wußten alle, daß er jetzt einen Jux versuchen würde. Er hatte Mommas Laune ausgetestet und glaubte jetzt, gefahrlos Witze reißen zu können.
»Ja«, sagte er und rieb ich das Kinn, bis ein kratziges Reibegeräusch zu hören war, »achtzehn Stunden am Stück! Fast tausend Meilen! Ich mußte eine Ladung abliefern, und«, er schlug mit der Faust in die Luft, »ich hab sie abgeliefert. Das ist wie dieses tolle Lied, daß ich vor ein paar Meilen gehört habe, ›Big Daddy was a truck-drivin' man!‹ Ich will nicht lügen und behaupten, es wäre leicht gewesen, ahem. Oft genug hätt ich fast angehalten, aber dann hab ich an meinen alten Kumpel Joe Espinosa gedacht, der ohne Pause bis nach Texas gefahren ist, und dann blieb mein Fuß auf dem Gaspedal.
O ja, und manchmal sah eure Mutter mich an, als ob sie mich umbringen wollte, sowie ich ein bißchen langsamer fahren würde, aber ich hab sie immer nur angelächelt und den Braunen Bomber weitertöffen lassen. Ich hab ihr gesagt: ›Du hast ja recht, Herzchen, nur noch ein kleines Stück.‹ Und ihr Kinder! Was für elende, gequält aussehende Gesichtchen! Achtzehn Stunden in einem Auto kann ein Kind um vierzig Jahre

altern lassen. Ja, ich schwöre, ich hab immer wieder in den Rückspiegel geschaut und mich gefragt, wo denn meine Babys stecken und woher diese drei schlechtgelaunten sauertöpfischen mittelalterlichen Gnome hergekommen sein könnten. Aber auch eure traurigen kleinen Visagen konnten mich nicht aufhalten.
Und obwohl ihr alle geweint und gebrüllt und gestöhnt und geheult und mit den Zähnen geknirscht habt, bin ich weitergefahren.«
Dad mußte wirklich sehr müde sein, sonst redete er nie soviel am Stück.
»Ich muß auch noch meinen zweiten Trick beichten, aber der bringt mir nicht soviel Ruhm ein.«
Ich hoffte, Dad würde jetzt sagen, daß ich ihm durch meine Gesellschaft geholfen hatte, aber nein: »Auch die *Populäre Wissenschaft* hat etwas von dem Lob verdient.« So hieß eine Zeitschrift, die Dad jeden Monat mit der Post bekam. Sie hatte wirklich spitzenmäßige Titelbilder; darauf waren immer lächelnde Weiße gezeichnet, die neben Wagen mit Flügeln standen oder in privaten Unterseebooten saßen oder mit einer kleinen Pille eine komplette Mahlzeit zu sich nahmen. Die Titelbilder waren interessant, der Inhalt der Zeitschrift dagegen war langweilig.
»Ja, die gute alte *Populäre Wissenschaft* hat einen Artikel über Tonfrequenzen abgedruckt, und darin stand, daß bestimmte Geräusche bei allen Lebewesen eine bestimmte Wirkung haben, sogar bei den komischen Watsons! Da stand, daß das Geräusch von einem Staubsauger ein Baby einschlafen lassen kann. Und das stimmt!«
Momma lachte kurz. Wir fanden es alle seltsam, daß Dad soviel redete.
»Als wir Alabama erreicht hatten und noch einiges an Meilen vor uns lag, und als ihr Kinder wie die Prairiehunde hoch-

hüpftet und weintet und fragtet ›Ist es noch weit?‹ und ›Mommy, kannst du nicht machen, daß er anhält?‹ und ›Ist das da hinten Birmingham?‹, da hab ich diesen Staubsaugertrick angewandt.
Ich hab gebrummt wie ein Staubsauger, und ihr seid dem umgekehrten Dienstalter nach allesamt weggeknackt. Erst Joey, dann Kenny, dann Daddy Cool und dann sogar du, Wilona. Meine Güte, seit der Staatsgrenze wart ihr allesamt weit weg. Ich hab eine Decke über euch hinten auf dem Rücksitz ausgebreitet, und dann hat mich nicht mal euer ganzes Gejammer und Gewinsel und Gestöhne gestört. Und du, Wilona, als ich erst mal mit dem Brummen angefangen hatte, kam aus deinem Mund nur noch Gesabber.«
»Das war also dieses Geräusch?« fragte Momma. »Ich dachte, du hättest von der langen Fahrt schon den Verstand verloren. Und ich weiß noch immer nicht, ob das nicht vielleicht sogar stimmt.«
Alle waren jetzt wach, aber es war ein gefälschtes Aufwachen, denn bald waren wir allesamt wieder eingenickt, obwohl jetzt doch Morgen war.
Als nächstes weiß ich wieder, daß ich auf dem Rücksitz aufwachte und Momma mit dickem Südstaatenakzent sagte: »Babys, wir sind zu Hause!« Dabei drückte sie wie bescheuert auf die Hupe des Braunen Bombers.
Ich hob den Kopf vom Sitz, um mir das anzusehen, was Momma »zu Hause« nannte, und ich konnte es nicht fassen! Birmingham sah fast so aus wie Flint! Überall standen richtige Häuser, keine Blockhäuser! Und große, schöne Bäume. Und vor allem schien die Sonne.
Joetta, Byron und ich streckten uns in der Hitze von Alabama, und dann schien uns allen gleichzeitig einzufallen, daß wir jetzt endlich erfahren würden, wie Grandma Sands wirklich aussah.

Wir drückten uns um Mommas Tür herum zusammen, aber sie stieg noch immer nicht aus, sie hupte noch immer wie blöd. Wir mußten uns die Ohren zuhalten.
Dad sagte: »Alles unverändert.«
Die Tür eines ganz normalen kleinen Hauses öffnete sich. Joey und ich hatten Grandma Sands im Leben noch nicht gesehen. Byron sagte, er könne sich erinnern, daß sie die fieseste und häßlichste Person auf der ganzen Welt sei, aber er log wahrscheinlich, denn bei Mommas und Dads letztem Besuch hier war er erst vier gewesen. Byron behauptete, noch wochenlang Alpträume gehabt zu haben, nachdem sie vor zehn Jahren Alabama verlassen hatten.
Alle komischen Watsons hatten ziemlich viel Phantasie, aber auf das, was nun aus dieser Haustür kam, waren wir doch nicht vorbereitet.
Ich hatte einen Troll erwartet. Ich hatte mir vorgestellt, Grandma Sands würde größer sein als Dad und ihr würde wie einer Tollwütigen Schaum vorm Mund stehen.
Ich dachte daran, wie schrecklich Momma vor einigen Jahren geweint hatte, als jemand aus Alabama anrief und uns erzählte, Grandma Sands habe einen leichten Schlag erlitten, und deshalb wußte ich, daß sie jetzt einen Gehstock brauchte. Ich hatte mir den Stock so groß vorgestellt wie einen Baumstamm, in dem Krähen und Eulen und Eidechsen lebten.
Aber was hier aus dem Haus kam, war eine winzigkleine alte, alte, alte Frau, die aussah wie Momma, wenn jemand sie fünf Nummern kleiner machte und allen Saft aus ihr heraussaugte. Grandma Sands schwenkte einen winzigen dürren Stock in der Luft und sagte: »Was wollt ihr denn heute schon hier? Ihr werdet erst für Montag erwartet!« Und wenn ihr glaubt, Momma konnte mit Südstaatenakzent sprechen, dann hättet ihr mal Grandma Sands hören sollen!
Momma plapperte und lächelte und schlug sich beide Hände

vor den Mund und rannte auf die Veranda und hätte die kleine alte Frau fast in Stücke gebrochen.
»Wie geht's denn so, Momma?« Sie weinte auf den Schultern der alten Frau, dann hielt sie Grandma Sands von sich ab und sah sie an. »Du siehst ja vielleicht gut aus!«
Mensch, Momma kann vielleicht lügen, wenn sie will!
»Kommt jetzt allesamt her und gebt eurer Oma einen Kuß«, sagte meine Südstaatenmutter.
Joey und Byron und ich schlufften allesamt hinüber, und als wir uns gegenseitig genug hin- und hergeschubst hatten, stand ich vorne und mußte als erster auf die Veranda, um Grandma Sands einen Kuß zu geben.
Ich wollte ganz vorsichtig mit ihr umgehen. Sie war nur ein klein wenig größer als ich und dünner als alles, was ich je gesehen hatte. Durch ihre lockigen Silberhaare konnte ich ihre braune Kopfhaut sehen.
Grandma Sands drückte mich an sich und machte mich mit ihren Tränen ganz naß. Sie wischte sich mit einer verkrümmten Hand einen Haufen Tränen ab und zwinkerte einige Male, ehe sie mich ansah. Sie war so klein, sie brauchte nicht mal auf mich herabzusehen.
Sie versuchte etwas zu sagen, brachte aber kein Wort heraus, sie schob einfach ihre Unterlippe vor und nickte ein paarmal mit dem Kopf, dann zog sie mich wieder an sich und drückte mich wie verrückt.
Momma gab mir einen Klaps auf den Hinterkopf und sagte: »Kenneth Bernard Watson, jetzt stell dich nicht so blöd an und gib deiner Grandma einen richtigen Kuß.«
Ich drückte sie ein bißchen. Und dabei roch sie wie nach Babypuder. Ich glaubte wirklich, ihre Lunge zu spüren, als ich ihren Rücken berührte.
Ich weiß nicht, was mit Joey los war, aber sie heulte wie wild los. Sie war die einzige, die geübt hatte, wie sie Grandma

Sands begrüßen wollte. Sie schniefte einige Male, dann sagte sie: »Hallo, Grandma Sands, es ist wirklich sehr schön, dich kennenzulernen.« Aber sie war dabei so aufgeregt, daß nur die Hälfte zu verstehen war.
Grandma Sands und Joey vergossen gleichviele Tränen. Sie drückten sich gegenseitig eine Weile, dann fand Grandma Sands ihr piepsiges Stimmchen wieder und sagte zu Momma: »Himmel, Lona, dieses Kind ist ja genau wie du! Sieh dir doch bloß dieses Baby an, genau so hübsch und süß wie du.«
Momma und Joey grinsten wie bescheuert.
Byron kam als nächster an die Reihe.
Und davon hatte ich geträumt. Das hier waren die beiden fiesesten, miesesten Leute, von denen ich je gehört hatte, und ich wußte, nur einer von beiden würde diese Begegnung lebend überstehen.
Es würde eine Schlacht geben, so ungefähr, als ob Godzilla und King Kong oder Frankensteins Monster und Dracula oder als ob der Meisterringer Bobo Brazil und der Scheich aufeinanderträfen!
Ich hatte mir vorgestellt, daß wir ein oder zwei Wochen nach unserer Rückkehr nach Flint einen Anruf aus Alabama erhalten würden, vom Sieger der großen Schlacht.
Wenn Byron den Sieg davongetragen hätte, dann würde er ziemlich cool aus dem Mundwinkel heraus sprechen und sagen: »Meine Fresse, Leute, kommt dieses alte Huhn lieber holen, ich hab sie lebendig gefressen.«
Wenn Grandma Sands die Schlacht gewonnen hätte, dann würden wir das Telefon von unserem Ohr weghalten müssen, während sie brüllte: »Lona, nennst du das einen frechen Bengel? Dieser kleine Heilige kann jetzt wieder in den Norden zurückkehren und zur Sonntagsschule gehen und bei euch zu Hause den Fußboden schrubben!«
Aber als ich Grandma Sands sah, wußte ich, daß Byron diese

arme alte Frau kaputtmachen würde. Ich fürchtete sogar schon, Momma würde ihn doch lieber nicht in Alabama lassen. Byron stieg ganz cool auf die Veranda und bückte sich, um Grandma Sands einen Kuß zu geben. Grandma drückte ihn an sich.
»Lona, was bringt ihr im Norden diesen Babys bei? Können die nicht mal einen richtigen Kuß geben?« Sie nahm Byrons Hände und musterte ihn von Kopf bis Fuß. »Du bist wirklich ein gutaussehender Junge geworden. Du warst bei deiner Geburt so mickerig, daß wir vor Sorge richtig außer uns waren. Und stark bist du auch geworden.« Sie versetzte Byrons Arm einen Klaps, und er lachte ein bißchen.
Grandma Sands streckte die Hand aus und fuhr mit ihren runzligen alten Fingern über Byrons Kopf. »Nicht allzu viele Haare, aber wir werden uns schon gut verstehen, was meinst du, By?«
»Ja, Ma'am.«
»Gut, gut, schau mal, hier unten gibt es sehr viel für dich zu tun, Mr. Robert kann mir nicht mehr soviel helfen wie früher, und deshalb kannst du jetzt alles machen, was er früher getan hat.«
Momma fragte: »Wer? Mr. Wer?«
Dad kam auf die Veranda und wurde ebenfalls mit Küssen und Tränen überhäuft, dann zog Gradma Sands uns alle an sich. Ihre Ärmchen konnten nur eine Person auf einmal umfangen, aber als die komischen Watsons dastanden und manche von uns lachten, manche weinten und manche cool aussahen, hatten wir das Gefühl, alle zu einem dicken Knäuel aufgewickelt zu sein.
Grandma Sands sagte immer wieder: »Meine Familie, meine wunderbare wunderbare Familie«, nur hörte sich das durch ihre Tränen hindurch und wegen ihres Südstaatenakzentes reichlich merkwürdig an.

Schließlich lösten wir uns voneinander, und Grandma Sands sagte: »Aber wie soll ich euch jetzt alle satt kriegen? Ich hatte euch doch erst für Montag erwartet. Mr. Robert und ich essen sonntags meistens Reste, aber wenn By kurz zu Jobe einkaufen geht, dann können wir heute abend Hähnchen machen. Kommst du mit Wegbeschreibungen gut klar, Byron?«
»Ha?« By verzog das Gesicht.
»Was?« Grandma Sands Stimme hörte sich an wie eine große braune Einkaufstüte, wenn sie platzt.
By sah überrascht aus und sagte: »Ich meine, ha, *Ma'am*.«
»Kommst du gut mit Wegbeschreibungen klar? Jobe ist ein Stück weit weg.«
Ich sagte: »Das ist überhaupt kein Problem für ihn, Grandma Sands, er ist nicht so blöd, wie er aussieht.«
Ich hielt sofort die Klappe und wünschte, ich hätte nichts gesagt, als Grandma Sands mich ansah und sagte: »Lona, vielleicht sollten zwei Leute den Sommer hier verbringen.«
Alle gingen nun in das häßliche kleine Haus. Momma hörte sich besorgt an: »Momma, wer ist dieser Mr. Robert?«
Grandma Sands lachte wie die böse Westhexe und sagte: »Süße, darüber müssen wir reden. Hab einfach Geduld, und wenn er aufsteht, dann könnt ihr ihn allesamt kennenlernen.«
»Wenn er aufsteht? Ooo Momma.« Momma hörte sich richtig besorgt und enttäuscht und südstaatenmäßig an.
Aber nicht so enttäuscht wie ich.
Byron hielt nämlich seinen Kopf gesenkt und lächelte und sagte »Ja, Ma'am« und »Nein, Ma'am« und sah so aus, als ob er sich schon ergeben hätte, noch ehe es zum ersten Schlagabtausch gekommen war.
Das hier war nicht King Kong und Godzilla, sondern King Kong und Bambi; es war nicht Bobo Brazil und der Scheich,

es war Bobo Brazil und Käpt'n Känguruh, es war nicht Dracula und Frankensteins Monster, es war Dracula und eine Giraffe, und Byron war verzweifelt.
Er wußte genau, was in mir vorging.
Nachdem Grandma Sands ihm den Weg erklärt hatte, sah Byron mich von der Seite an und fragte: »Was zum Teufel glotzt du denn so?«
Ich schüttelte einfach den Kopf.
»Was hast du denn erwartet?« fragte By. »Du hast sie gesehen. Die ist doch uralt. Sie ist so alt, daß sie garantiert noch auf Dinokacke herumgewandert ist. Ich will ihren Tod einfach nicht auf dem Gewissen haben.«
Ich wußte, daß das gelogen war.
Byron schien seinen gesamten Kampfgeist eingebüßt zu haben, und dabei waren wir doch erst seit ein paar Minuten in Birmingham.

Dieser Hund wird nie mehr jagen

Birmingham war wie ein Backofen. In der ersten Nacht konnte ich überhaupt nicht schlafen; ich mußte mit By das Bett teilen, und wir schwitzten beide wie die Schweine. Es wurde so heiß, daß Byron sich nicht mal mehr mit dem Laken zudeckte, um sicherzugehen, daß ich ihn nachts nicht aus Versehen berühren würde. Schließlich legte er sich auf den Boden und sagte, das sei ein bißchen kühler.
Als ich aufstand, war Byron verschwunden. Ich schaute aus dem Fenster in den Hinterhof, und By und Dad und Mr. Robert standen zusammen mit einem Hund unter einem riesigen Baum. Ich ging ganz schnell aufs Klo, dann machte ich meine Morgengymnastik und rannte zu den anderen Jungs nach draußen.
»Morgen, Kenny.«
»Morgen, Dad. Morgen, Mr. Robert. Morgen, By.«
Byron grunzte nur, dann sagte er: »Mann, du darfst nicht mehr soviel Wasser trinken, du hast letzte Nacht das ganze Bett naßgeschwitzt, ich will das Bett nicht mit deinem lecken kleinen A ... « Er sah Dad an. »...mit einem lecken kleinen Wesen teilen.«
Mr. Robert sagte: »Ich gewöhnt euch schon noch an die Hitze, Jungs.«
Dad streichelte den Hund und sagte: »Und er ist zu alt zum Jagen?«

»O ja, dieser Hund wird nie mehr jagen. Der ist wie ich, will einfach nicht mehr. Wir sind beide an dem Punkt angelangt, wo wir einfach nicht mehr abdrücken können. Wir waren am Ende genau wie Joe Louis. Erinnerst du dich noch an seinen letzten Kampf, Daniel? Weißt du noch, wie Joe einfach durch den Ring lief und die linke Faust wie zur Drohung schwenkte, er schaffte das einfach nicht mehr, er konnte nicht mehr abdrücken, sein Geist sagte: ›Mach!‹, aber sein Körper gehorchte nicht mehr. So geht's auch mir und Toddy. Nachts hör ich ihn manchmal heulen, und dann weiß ich, er träumt davon, wieder im Wald zu sein, aber wir wissen beide, daß diese Zeiten vorbei sind.«

Mr. Robert bückte sich und streichelte dem Hund den Kopf.

»Ja, Junge, zu seiner Zeit war er der beste Waschbärhund von ganz Alabama. Kriegte hundert Eier, wenn ich ihn zum Dekken verliehen hab.«

Auch Byron rieb dem alten, grauen fiesen Hund den Kopf.

»Hundert Eier? Mann!«

»Ja, Toddy und ich haben uns gegenseitig das Leben gerettet, ich find's schrecklich, ihn so alt zu sehen.« So, wie Mr. Robert aussah, stellte ich mir vor, daß der Hund dasselbe über ihn sagte.

»Wie hast du ihm das Leben gerettet?«

»Warst du je auf Waschbärjagd?«

»Nein, Sir.«

»Na, es gibt kaum ein gerisseneres oder zäheres Vieh als einen alten Waschbär. Die meisten Leute glauben, du brauchst sie bloß auf einen Baum zu jagen und sie dann umzunieten, aber das ist nur die halbe Wahrheit. Jedenfalls, Toddy hatte diesen Waschbär den ganzen Weg zum See verfolgt, und der Waschbär ging ins Wasser. Meistens bleiben Hunde am Ufer stehen, sie sind nicht blöd genug, um reinzugehen, aber Toddy hat den Waschbär dann doch weitergejagt. Er war wohl eine halbe

Meile vor mir, als ich ihn aufheulen und dann total verstummen hörte.«
»Was war passiert?«
»Der Waschbär hatte ihn erwischt und hielt seinen Kopf unter Wasser und hat ihn ertränkt.«
Diesen Müll kaufte ich ihm nicht ab. Ein Waschbär, der einen Hund ertränkt? Ich sah By und Dad an, aber die beiden glaubten Mr. Roberts Geschichte.
Dad sagte: »So was hab ich auch schon mal gehört.«
»O ja, Toddy hier ist der lebendige Beweis.«
Byron fragte: »Wenn er ihn ertränkt hat, wieso ist er dann nicht tot?«
»Naja, als ich dann endlich zum See kam, sah ich auf der einen Seite den Waschbär rauskommen, und Tobby war nicht zu sehen, und da wußte ich, was passiert war. Ich bin sofort untergetaucht, um nach ihm zu suchen. Hat nur eine Minute gedauert. Ich hab ihn ans Ufer zurückgezerrt, ihn auf den Kopf gestellt, um das Wasser aus ihm rauslaufen zu lassen, hab ihm den Mund zugehalten und in seine Nase geblasen. Er hat ein bißchen um sich getreten, und dann kam er wieder zu sich.«
Byron sagte: »Mann! Spitze! Das ist cool!«
Ich konnte nur daran denken, daß Mr. Robert wohl der einzige Mensch war, der seinen Mund auf eine Hundenase drücken würde. Und das war wirklich cool!
Ich fragte Dad: »Wann essen wir?«
»Kenny, du bist der einzige, der noch nicht gegessen hat. Deine Mutter und deine Großmutter sind in der Küche. Na los!«
Ich ging wieder ins Haus.
Noch ehe ich die Küche erreicht hatte, konnte ich Momma sagen hören, daß Birmingham ganz anders sei als in ihrer Erinnerung. Ihre Lieblingssprüche waren offenbar: »Was ist das?«

und »Wie lange ist das schon so?« und »Wann ist das passiert?« und vor allem: »Oooo Momma ... «
Grandma Sands fand Momma witzig und prustete immer wieder los, wenn Momma sich aufregte oder sich Sorgen machte, weil sie sich an was nicht erinnern konnte, oder weil es ihr nicht gefiel. Grandma Sands hatte bestimmt eine Million mal den *Zauberer von Oz* gesehen, denn wenn sie lachte, hörte sie sich genauso an wie die böse Westhexe. Zuerst fanden Joey und ich ihr Lachen so unheimlich, daß wir uns am liebsten versteckt hätten, wenn wir es hörten. Aber schließlich gewöhnten wir uns daran.
Wir brauchten noch länger, um uns an die Redeweise im Süden zu gewöhnen. Mann! Grandma Sands und Momma sabbelten los, und wir verstanden höchstens die Hälfte davon. Der Duft von Speck lockte mich in die Küche. Momma, Joey und Grandma saßen quatschend an dem wackligen kleinen Küchentisch.
»Morgen, Kenneth.«
»Morgen, Momma. Morgen, Joey. Morgen, Grandma Sands.«
»Gut geschlafen?«
»Es war arg heiß.«
Joey saß auf Mommas Schoß und sah total verschlafen aus. Sie sagte: »Ich weiß, ich hab die ganze Nacht geschwitzt.«
Der Speck lag auf einem Teller auf einem Stück Papiertuch. Momma hatte ein anderes Stück Papiertuch in der Hand, denn von allem, was Grandma Sands ihr erzählte, waren ihre Hände schweißnaß und scheußlich. Ich bekam Grütze und Brot und Speck und setzte mich zu ihnen an den wackligen Tisch.
Ich hatte offenbar ein wichtiges Gespräch unterbrochen, denn kaum hatte ich mich gesetzt, als Momma so tat, als wäre ich unsichtbar, und Grandma Sand weitere Fragen stellte.

»Also, was ist jetzt mit Calla Lily Lincoln? Ich hab mich immer gefragt, was sie wohl macht ...«
»Lona, hab ich dir das nicht geschrieben? Ach, ach, ach ...«
Sie redeten und sagten »Ooo« und »Aaa«, und Grandma Sands unterbrach immer wieder das Frühstück, indem sie mir und Joey mit ihrem Lachen Angst einjagte. Momma sagte immer wieder »Oooo Momma...«, immer wieder sprang sie auf und holte sich neue Papiertücher, um sich die Hände abzuwischen, und vor allem redete sie immer südstaatenmäßiger.
Sie sprachen darüber, wieviel Ärger die Leute mit einigen Weißen hier unten hatten und wer wen geheiratet hatte, wie viele Kinder irgendwer hatte, wie oft ein anderer im Gefängnis gewesen war, lauter öder Müll also. Es wurde erst interessant, als ich merkte, daß Momma sehr, sehr nervös wurde, ehe sie fragte: »Und was ist mit dir, Momma? Mr. Robert scheint ja wirklich nett zu sein, aber ...«
Wieder kam Grandmas Lachen, und mir fiel der Löffel aus der Hand, und Grütze spritzte über den Tisch. Momma tat so, als ob sie das nicht bemerkt hätte, aber sie gab mir, ohne mich anzusehen, eines von diesen scheußlichen durchgeweichten Papiertüchern und starrte weiter Grandma Sands an.
»Ich hab mich schon lange gefragt, wann es wohl dazu kommen würde.« Grandma Sands lächelte. »Seit ihr allesamt nach Flint umgezogen seid, sind wir gute Freunde ...«
Momma war jetzt ziemlich grob, sie fiel ihrer Mutter ins Wort und fragte: »Oooo Momma, gute Freunde, was soll das heißen?«
»Wilona Sands, was ist eigentlich los mit dir? Warum sagst du nicht, was du denkst?«
Momma zerpflückte noch ein Stück Papiertuch. »Ich begreif einfach nicht, was hier abläuft. Wieso hab ich ihn nie kennengelernt? Hat Daddy ihn gekannt?« Bei Momma hörte sich die

letzte Frage an, als ob sie über Grandma Sands eine Bombe abwerfen würde.

Grandma Sands sah sie kurz an. »Lona, alles ist jetzt anders als damals, als du weggegangen bist. Fast alles ändert sich. Dein Daddy ist seit fast zwanzig Jahren tot.« Sie lächelte nicht mehr. »Und jetzt ist Mr. Robert mein liebster Freund.«

Himmel! Ich wußte jetzt, woher Byron die Fähigkeit hatte, ein paar Wörter zu sagen und alle glauben zu machen, er habe sehr viel mehr gesagt. Grandma Sands schrie oder brüllte nicht, aber wie sie diese paar Wörter sagte, ließ alle den Mund zumachen und genau hinhören. Obwohl sie Momma nur gesagt hatte, Mr. Robert sei ihr Freund, hatte ich auch gehört, wie sie meine Mutter energisch zusammengestaucht hatte. Momma schmollte und küßte Joey auf den Kopf.

Ich nahm meinen Löffel und aß weiter. Das war spitze! Ich hatte Momma noch nie als kleines Kind gesehen, das einfach angemotzt wurde, und hier saß sie nun, fummelte an einem Stück Papier herum und sah ziemlich verlegen aus. Dad und Byron kamen mit Mr. Robert herein.

»Mr. Robert geht mit uns zum See und zeigt uns die besten Angelstellen. Joey, Kenny, kommt ihr mit? Dann können die beiden sich in Ruhe unterhalten.«

Momma schob Joey von ihrem Schoß, und wir gingen nach draußen.

Durch die Hitze hatten Joey und ich das Gefühl, nicht richtig wach zu werden. Ich wollte keinen Spaziergang machen, aber diese miese Bande brachte mich doch dazu. Der einzige, der sich offenbar zu amüsieren schien, war Byron. Er lief die ganze Zeit neben Mr. Robert und Dad her und riß Witze und lachte über jede blöde Geschichte, die sie von sich gaben.

Als wir endlich wieder zu Hause waren, schlief ich unter einem Ventilator ein. Sie wollten mich am nächsten Tag dazu zwingen, mit Byron und Joey angeln zu gehen, und ich wußte, ich brauchte jede Menge Ruhe. Ich überlegte mir, daß selbst ein jugendlicher Krimineller wie Byron ganz schön gestraft war, wenn er den ganzen Sommer in dieser Hitze zubringen sollte. Aber er schien sich schließlich königlich zu unterhalten.

Ich begegne einem bösen Geist, dem Wasserpudel

»Wenn ihr zum Wasser wollt, dann macht einen Bogen um Collier's Landing. Vor ein paar Jahren ist Miss Thomas' kleiner Sohn Jimmy da in einen Wasserstrudel geraten, und sie haben seinen armen Leichnam erst drei Tage später gefunden.«
Ich hatte Grandma Sands nur mit halbem Ohr zugehört, und jetzt standen Joey und Byron und ich an einem Schild mit Pfeilen, die in zwei Richtungen zeigten. Auf dem, der nach links zeigte, stand »Öffentliche Badegelegenheit«, der andere, der nach rechts zeigte, sah aus, als ob er schon eine Million Jahre an dem Pfosten säße, aber wenn man dicht genug heranging, dann konnte man lesen: »WARNUNG! ZUTRITT VERBOTEN! NICHT BADEN! KEIN ZUGANG FÜR DIE ÖFFENTLICHKEIT!« Darunter stand: »Joe Collier«.
»O Mann! Da ist Collier's Landing«, sagte ich. »Dahin gehen wir!« Ich wußte, daß Joey das nicht gefallen würde, aber ich ging davon aus, daß Byron und ich sie dazu überreden könnten, mitzukommen und uns nicht zu verpfeifen.
Joey sagte: »Ähem, Kenny, du hast doch gehört, wie Grandma Sands von dem kleinen Jungen erzählt hat, der da im Wasser verlorengegangen ist. Wie hieß noch das Dings, das ihn erwischt hat?«
Daddy Cool sagte: »Hast du das nicht gehört, Joey? Sie hat gesagt, daß ihn ein Wasserpudel erwischt hat.«

»Ist das ein Fisch?« fragte Joey.
»Ach was. Du weißt doch, wie ein Pudel aussieht, oder?«
Joey und ich nickten beide.
»Na, und der Wasserpudel ist ein bissiger Hund, der im Wasser lebt. Niemand redet je von ihm, damit ihr Kinder keine Angst kriegt. Er versteckt sich unter Wasser und zieht dumme Gören zu sich nach unten.«
By dachte wohl, diese blöde Geschichte reiche aus, um mich abzuschrecken, und er ging in Richtung der öffentlichen Badegelegenheit los. »Wenn Kenny mit seinem blöden kleinen Hintern dahingehen und sich ins Wasser ziehen lassen will, von mir aus.« Er packte Joey an der Hand und wollte sie mit sich ziehen, aber sie stemmte ihre Füße in den Lehmboden.
»Aber Byron, wenn der Wasserpudel nun auch dahin kommt, wo wir hinwollen? Kann er nicht auch dahin schwimmen und sich Leute holen?«
»Nein, Joey, der Wasserpudel kommt nicht an öffentliche Orte, der schnappt sich nur Leute, die zu geizig sind, um die Peons auf ihr Land zu lassen, wie dieser Colliertyp.«
Wer konnte Byron verstehen? Hier bot sich die Gelegenheit eines weiteren phantastischen Abenteuers, und er ging in die falsche Richtung. Etwas stimmte nicht mit ihm. Wenn jemand ihm in Flint etwas verbieten wollte, dann rannte er sofort los und machte es, aber hier benahm er sich richtig öde und spießig. Vielleicht lag es an der Hitze, vielleicht hatte sie aus Byron alle Gemeinheit und allen Jux herausgesaugt, so, wie sie mir sämtliche Energie geklaut hatte.
»Na, was hast du vor, du Blödmann?« Byron rief mir das über seine Schulter hinweg zu.
Und Joey schrie: »Na los, Kenny! Du weißt doch, was Grandma Sands gesagt hat!«
Ich konnte es nicht fassen. Ich wollte einfach nur die Stelle sehen, wo dieser Junge ertrunken war, aber Byron hatte sich

ausgerechnet diesen Moment ausgesucht, um auf eine Erwachsene zu hören.
»O Mensch, ich geh nach Collier's Landing.«
Byron zuckte mit den Schultern. »Viel Vergnügen.«
Ich brüllte: »Was ist denn los mit dir? Was würde Buphead sagen, wenn er dich so sehen könnte?«
Byron zeigte mir beide Mittelfinger und machte dann noch ein Fingerzeichen, das ich noch nie gesehen hatte, und sagte: »Aber halt deinen doofen kleinen Hintern aus dem Wasser.«
»Vergiß es, ich geh.«
Sie gingen los.
»Das ist kein Witz!«
Joey winkte.
»Ich gehe nach Collier's Landing.«
Weg waren sie.
Ich blickte in die Richtung, in die das Warnschild zeigte, und wurde ein bißchen nervös. Ich drehte mich um und ging hinter Joey und Byron her, dann beschloß ich aber, doch nach Collier's Landing zu gehen. Vielleicht hatte Byron die phantastischen Abenteuer satt, ich fand mich aber alt genug, um selber welche zu erleben.
»Ihr seid vielleicht öde Spießer!« brüllte ich, und dann ging ich in die Richtung, in die das Warnschild zeigte.
Byron hat mich sicher für blöd gehalten. Wer hätte denn je von einem Dings namens Wasserpudel gehört? Ich wußte nicht genau, was das alles sollte, aber ich war sicher, daß Byron sich diesen Quatsch aus den Fingern gesogen hatte. Und wenn es wirklich so einen bösen Wasserpudel gäbe, dann hätte ich sicher irgendwo was über ihn gelesen. Manchmal fand ich es ziemlich schwer, Grandma Sands Dialekt zu verstehen, aber ich konnte mich nicht erinnern, daß sie irgend etwas über einen Wasserpudel gesagt hätte. Wenn es wirklich so ein Wesen gäbe, das Kinder ins Wasser zog, dann hätten Momma

und Dad uns doch nicht herkommen lassen, oder? Ich wußte das alles, aber ich war doch ziemlich nervös, als ich über den kleinen Pfad ging, der durch die Büsche zum Wasser führte. Ich vergaß Byrons Lügen, sowie ich das Wasser sah. Collier's Landing war spitze! Das Wasser war dunkel, dunkelblau, und vor allem sah es kalt aus.

Joe Collier hatte an einem riesigen Baum noch ein Schild befestigt: »WARNUNG! GEFAHR! NICHT SCHWIMMEN! HIER SIND SCHON SECHS MENSCHEN ERTRUNKEN! TIEFE STELLEN!« Unterschrift: Joe Collier.

Sechs? Grandma Sands hatte von einem kleinen Jungen gesprochen, nicht von sechs. Ich kam mir blöd vor, aber ich sah im Wasser nach, ob sich der Wasserpudel dort versteckte. Ich suchte sogar am Ufer nach Spuren. Ich machte mir ein bißchen Sorgen, weil dieses Schild soviel neuer aussah als das erste.

Ich wartete darauf, daß By aus dem Gebüsch sprang und irgendwas sagte wie: »Aha, du kleiner Trottel, jetzt hab ich dich! Ich hab's gewußt, daß du den Wasserpudel suchst!«, aber alles war ruhig und still, das Wasser schien sich nicht zu bewegen, nur zu atmen, sich zu heben und zu senken, und es hörte sich an wie der Wind, der in Flint durch die hohen Bäume wehte. Ich ging ans Wasser und konnte noch immer nichts Beunruhigendes sehen, und ich überlegte mir, wenn hier wirklich was gefährlich wäre, dann wäre Byron mit mir hergekommen, um mich zu beschützen, oder nicht?

Und dann ging mir ein Licht auf! Ich wußte, daß Joe Collier das Schild aufgehängt hatte, weil er seinen See mit niemandem teilen wollte. Das mit dem Wasserpudel war aus den Fingern gesogener Müll!

Ärger zu kriegen hat ein Gutes: Es scheint schrittweise zu passieren. Irgendwie scheint man nicht in den Ärger zu stürzen, man schleicht langsam hinein. Und je schlimmer dieser Ärger dann ist, um so mehr Schritte braucht man, um hineinzugeraten. So, als ob man unterwegs immer wieder kurz gewarnt würde; so, als ob man noch kehrtmachen könnte, wenn man das wirklich wollte.

Die erste Warnung, auf die ich hätte hören sollen, war, daß Daddy Cool und Joey dem linken Pfeil gefolgt waren, ich aber dem rechten. Die zweite Warnung kam, als ich beschloß, ins Wasser zu waten, und als meine Schnürsenkel nicht aufgehen wollten, so daß ich die Schuhe mit verknoteten Schürsenkeln von den Füßen streifen mußte. Danach weiß ich nicht mehr genau, wie oft ich gewarnt wurde, aber bei dem Ärger, den ich schließlich hatte, war es bestimmt hundertachtundfünfzig Milliarden mal.

Schritt für Schritt schlich ich mich in den Ärger hinein, bis ich schließlich bis zu den Knien im Wasser stand. Ich war ins Wasser gegangen, weil sich am Ufer eine Bande von kleinen, blödaussehenden, langsamen Fischen herumtrieb, und ich dachte, ich könnte vielleicht welche fangen und zähmen. Ich hatte keine Angst, ich dachte ja, wenn es einen echten Wasserpudel in der Gegend gäbe, dann würden diese kleinen Fische nicht hier herumlungern.

Die Fische in Alabama waren viel freundlicher und viel gerissener als die in Michigan. Ich bückte mich und hielt meine Hand ins Wasser und versuchte ein paar zu erwischen, aber sie glitschten weg, als ob sie sich mit Seife eingerieben hätten. Sie waren dicht vor meiner Nase, aber ich konnte einfach keinen erwischen. Sie schienen nicht mal Angst vor mir zu haben, sie schwammen einfach um meine Beine herum und stupsten mich sogar an, als ob sie mich küssen wollten. Sie wollten offenbar, daß ich sie fing und mit zurück nach Flint nahm.

Nachdem ich an die hundert Mal daneben gegriffen hatte, richtete ich mich wieder auf und sah, warum die Fische nicht

ins tiefere Wasser schwammen. Dort, wo es tief wurde, schwamm eine große grüne Schildkröte, ungefähr so groß wie ein Fußball, hin und her und sah genauso langsam und doof aus wie die Fische.
Meine Güte! Wer wollte schon Fische zähmen, wenn er eine Schildkröte haben konnte?
Ich machte noch ein paar Schritte, und das kalte blaue Wasser reichte mir bis zu den Schultern. Meine Augen quollen hervor, und ich schnappte nach Luft, als mir ganz plötzlich kalt wurde. Ich streckte die Hand nach der blöden Schildkröte aus, und *wusch*, sie bewegte einmal kurz die Arme und verschwand im tieferen Wasser.
Dieser Versuch, die Schildkröte zu fangen, war das letzte, was ich noch schaffte. Ganz plötzlich hatte ich den dicken Ärger! Der steinige Boden unter meinen Füßen fiel ziemlich stark ab. Ich machte mir keine Sorgen, ich wußte doch, daß ich die Arme bewegen konnte wie die Schildkröte, um wieder in seichteres Wasser zu kommen. Ich blickte auf und sah, daß das Ufer immer noch sehr nah war. Ich bewegte die Arme, und nichts passierte, ich war noch immer an derselben Stelle. Und dann hatte ich keinen Boden mehr unter den Füßen und strampelte im Wasser herum. Ich konnte mit den Zehenspitzen noch ein paar Steine berühren, aber der Boden fiel immer stärker ab.
Ich stieß mich ab, um ans Ufer zurückzuschwimmen, und mein Kopf geriet unter Wasser. Licht und Geräusche Alabamas verschwanden, weil sich meine Augen automatisch schlossen, und meine Ohren schienen mit Watte verstopft zu sein. Ich hatte den Mund voll Wasser, aber dann war mein Kopf wieder oben. Ich lachte, weil ich wie bescheuert spuckte und prustete, als ich den Kopf wieder über Wasser hatte. Aber das Lachen verging mir sehr bald, als ich wieder zu schwimmen versuchte und mein Kopf wieder unter Wasser geriet.

Und nun hatte ich wirklich Angst. Ich hatte genug Comics gesehen, um zu wissen, daß dein Kopf nie mehr wieder auftaucht, wenn er dreimal untergegangen ist. Ich wußte, wenn ich noch einmal untertauchte, würde ich ein toter Mann sein. Meine Augen starrten das Ufer an, wo meine Schuhe sicher auf den Steinen standen. »Ooo Mann«, sagte ich zu mir. »Ich wünschte, ich hätte eine Wunderlampe, dann könnte der Geist mich dahin bringen, wo die Schuhe sind, und sie dahin, wo ich bin.«
Das war mein letzter Gedanke, ehe mir aufging, daß Grandma Sands und Byron und Joe Collier allesamt nicht gelogen hatten. Das war mein letzter Gedanke, ehe mir aufging, daß der Wasserpudel wirklich und groß und gemein und entsetzlich war und daß es ihm wirklich nichts ausmachte, Kinder ins Wasser zu ziehen.
Ich hatte noch nie im Leben so schreckliche Angst gehabt. Ich brüllte: »Momma!« Meine Arme schlugen auf das Wasser ein wie auf einen Menschen, und meine Beine bewegten sich wie wild im Versuch, wieder ans Ufer zu kommen. Aber jetzt konnten nicht mal mehr meine Zehen Boden finden.
»Alles klar, Kenny«, sagte ich zu mir, »du weißt, daß alles wieder in Ordnung kommt. Sei einfach ganz ruhig und schwimm an Land. Zähl bis drei und mach dich einfach auf den Weg zu deinen Schuhen.« Ich hörte für eine Sekunde auf zu strampeln und sagte: »Eins, zwei, drei ... « Dann bewegte ich meine Arme, um zurück ans Ufer zu schwimmen, und wieder ging ich unter! Mein Kopf versank zum dritten Mal im Wasser, und ich wußte, daß ich nie mehr wieder hochkommen würde. Dreimal auf diese Weise unterzugehen, ist, wie aufzuwachen und festzustellen, daß man an einen Baum angebunden ist und jemand sagt: »Achtung, fertig, Feuer!«
Und dann kam er ganz langsam aus dem tiefen Wasser geschwommen, und obwohl ich den Kopf im dunklen Wasser

hatte, konnte ich ihn auf mich zukommen sehen. Er sah überhaupt nicht wie ein Pudel aus, er war groß und grau und hatte harte, kantig aussehende Finger. Dort, wo das Gesicht hätte sein müssen, gab es nur etwas Dunkelgraues. Wo seine Augen hätten sein müssen, gab es nur eine dunklere, kälter aussehende Farbe. Er packte mein Bein und wollte mich nach unten ziehen.
Ich trat und schlug um mich, aber er war einfach zu stark, er schien meine Hiebe überhaupt nicht zu spüren! Mein Kopf drohte zu platzen; ich glaubte, keine Sekunde mehr den Atem anhalten zu können. Ich hatte schreckliche, schreckliche Angst, und mir war schwindlig, weil ich schon so lange den Atem anhielt. Und dann konnte ich plötzlich sehen, daß noch jemand im Wasser war und daß der Wasserpudel mich dorthin zog.
Es war ein kleines Mädchen, und sie hatte ein schönes blaues Kleid und große gelbe Flügel und irgendwas um ihren Kopf. Als der Wasserpudel mich näher an sie heranzog, sah ich, daß sie ein kleiner Engel war, und Himmel, es war Joetta, die genauso aussah wie der Engel, den Mrs. Davidson ihr geschenkt hatte. Joey hatte Flügel und einen Heiligenschein! Und ihr Gesicht war ganz ruhig, aber sie zeigte auf mich, als ob sie mich auf was Wichtiges aufmerksam machen wollte.
Dieser Engel, der aussah wie Joey, meinte, daß ich noch mal nach oben schwimmen sollte.
Und das machte mir wirklich angst. Ich wußte, daß es kein gutes Zeichen war, wenn man plötzlich Engel sah, und deshalb strampelte ich und fuchtelte mit den Armen und streckte mich zum Himmel hoch! Mein Kopf kam über Wasser, und ich spuckte einen Bauch voll Wasser aus und holte mehrmals wunderbar tief Atem.
»Momma! Momma! Hilfe ...«
Aber der Wasserpudel war noch nicht fertig mit mir. Ich

spürte, wie seine harte, harte Hand sich um meinen Knöchel schloß, und ich ging zum vierten Mal unter.
Ich wurde ein Stück weiter gezerrt und sah noch jemandem im Wasser, der wie verrückt Dreck hochwirbelte und auf das Wasser einschlug.
Byron!
Mensch! Der Wasserpudel zeigt mir vor meinem Tod noch schnell meine ganze Familie!
Byron versuchte mich zu packen, aber der Wasserpudel zog mich zu schnell weg. Ich sah Byrons Beine zum Himmel hochschwimmen.
Ziehen – *swisch* – halt, ziehen – *swisch* – halt. Oben war noch jemand im Wasser. Das mußten Momma und Dad sein. Lebwohl, Momma! Lebwohl, Dad! Nein, das ist wieder By, er sieht noch immer verrückt aus und schlägt noch immer auf das Wasser ein.
Byron und der Wasserpudel kämpften miteinander. By hatte sicher schon hundertmal die Stelle getroffen, wo sein Gesicht hätte sein müssen. Schließlich gab der Wasserpudel auf, und ich spürte, wie seine harten, kalten Finger meinen Knöchel losließen. Der Wasserpudel schwamm ins tiefe Wasser zurück. Als letztes sah ich noch seine großen kantigen Zehen.
Byron packte mich und legte mir den Arm um den Hals, und ich hatte das Gefühl, von ihm erwürgt zu werden.
Als er mich ans Ufer gebracht hatte und auf den Kopf stellte, dachte ich, ich müßte sterben. Ich spuckte eine Tonne Wasser und Essen aus. Wenn es irgendwo einen Waldbrand gegeben hätte, dann hätten sie mich einfach darüber halten können, und ich hätte ihn gelöscht. Ich kotzte und hustete und würgte und erbrach mich ungefähr eine Million mal, und das alles nur, weil ich ein bißchen Luft eingeatmet hatte.
By hielt mich an den Knöcheln und wuchtete mich hoch und nieder und brüllte mich dabei an. Als endlich die Geräusche

vom Wasser in meinen Ohren und von meiner Kotzerei und das *Swisch* des Wasserpudels verstummten, konnte ich Byron brüllen hören: »Oooo Mann, oooo Mann, oooo Mann!«, immer wieder.
Schließlich schrie ich: »Halt! Laß mich runter!«
Byron ließ mich mitten in dem Wasser und dem Dreck, den ich ausgekotzt hatte, auf den Boden fallen. Ich wußte, daß er einen blöden Witz darüber reißen würde, daß ich mit dem Gesicht zuerst in diesem Mist landete, aber das tat er nicht, er legte mir die Arme auf die Schultern und berührte meinen Kopf mit seinem Mund. Byron zitterte, als ob er unter Strom stände, er weinte wie ein Baby und küßte mich immer wieder auf den Kopf.
Das war einfach ekelhaft. Er sagte immer wieder: »Kenny, Kenny, Kenny ...« und hatte dabei seinen offenen Mund an meinem Kopf liegen. Ich spürte, wie sich seine Zähne in meinen Schädel bohrten, aber By war das egal.
Ich sagte: »Oooo, Mann!« und versuchte, ihn zum Aufhören zu bringen, aber ich war einfach zu erschöpft, und deshalb ließ ich Daddy Cool weiter an meinem Kopf herumknabbern, während er weinte wie ein Kindergartenbaby.

Jeder Vogel und jede Wanze in Birmingham bleibt stehen und wundert sich

Ich wußte, es war Sonntag, denn ich hörte, wie Joetta sich für die Sonntagsschule fertig machte. Die Nachbarn kamen sie abholen, als ich gerade aufgestanden war. Ich machte in der Türöffnung des Schlafzimmers gerade meine Morgengymnastik, als sie vorbeikam.
»Hallo, Kenny. Bis nachher.«
»Mach's gut, Joey.«
Sie trug einen weiten weißen Rock, eine adrette Bluse und die kleinen weißen Handschuhe, die Grandma Sands für sie genäht hatte. Ich wußte nicht warum, aber ich sagte: »Joey...«
Sie blieb stehen. »Ha?«
Ich wußte nicht, warum ich sie gerufen hatte, und deshalb sagte ich einfach: »Du siehst hübsch aus.«
Sie lächelte und sagte danke. Sie sah wirklich hübsch aus, sie trug eine weiße Spitzenmütze und weiße Spitzensöckchen und ihre schwarzen Lackschuhe.
Die Nachbarn, die sie abholen wollten, sahen mich, und einer fragte: »Wieso gehst du nicht in die Sonntagsschule, junger Mann?«
Ich lächelte und sagte: »Ich hab vergessen, rechtzeitig aufzustehen.«
Alle im Haus wußten, daß das gelogen war, aber das schien niemandem was auszumachen. Ich fragte mich, ob vielleicht

was mit mir nicht stimmte, denn das Lügen fiel mir ganz leicht, ich log sogar am Sonntagmorgen einen Haufen frommer Leute an.
Ich aß meine Cornflakes und ging dann auf den Hinterhof. Selbst so früh am Morgen war es zu heiß, deshalb ging ich zu der riesigen Magnolie und setzte mich in ihren kühlen Schatten.
Ich hatte schon alle Energie verloren. Es war schon einige Tage her, daß der Wasserpudel mich fast geholt hätte, und noch immer war ich die ganze Zeit schwach und müde.
Byron hatte mich versprechen lassen, daß ich niemandem erzählte, was passiert war, und so hielten alle mich einfach nur für faul. Ich hörte, wie die anderen aufstanden und im Haus herumliefen, aber ich war zu müde, um mit irgendwem zu reden.
Momma schaute aus der Hintertür und wollte mich schon rufen, aber als sie mich unten am Baum sah, lächelte sie. »Na, Kenneth, ich dachte, du wärst weggegangen. Wie geht's dir denn heute morgen?«
»Es war zu heiß zum Schlafen.«
»Meinst du, du hältst noch eine Woche durch?«
»Mhm.«
»Na, ist das nicht besser als der Winter im Norden?«
»Laß den Quatsch, Momma, du weißt doch, daß das nicht stimmt. Ich wünschte, ich wäre wieder in unserem Iglu in Flint.«
Sie lachte und zog hinter sich die Tür zu.
Ich schlief unter dem Baum ein und dachte, ich träumte, als ich den Krach hörte.
Ich spürte ihn eher, als daß ich ihn hörte. Die riesige alte Magnolie schüttelte sich, als ob jemand hart an ihren Wurzeln gezogen hätte. Und dann hörte ich ein Geräusch wie ein fernes Gewitter. Nur donnerte es ein einziges langes Mal.

Jedes Tier und jeder Vogel und jede Wanze in Birmingham schien für zwei Sekunden zu verstummen. Anscheinend hörte jedes Lebewesen mit dem auf, was es gerade machte, und stellte sich die eine Frage: Was war das für ein Lärm?
In den Nachbarhäusern öffneten sich die Türen, und die Leute kamen heraus und blickten zum Himmel hoch, aber da war nichts, nicht eine Wolke, nichts, was verraten hätte, was das für ein dumpfer Krach gewesen sein konnte, nur helle, heiße, blöde Alabama-Sonne.
Dad kam in Schlafanzughose und T-Shirt an die Hintertür. »Was war das? War das hier hinten?«
Ich schüttelte den Kopf. Dad schien ein Licht aufzugehen, und er fragte: »O Himmel, wo steckt Byron?«
Byron schaute aus der Tür, noch immer in der Unterhose, noch mit seiner Morgengymnastik beschäftigt. »Was?« fragte er. »Ich hab nichts gemacht. Ich hab geschlafen. Was war das für ein Krach?«
Dad blickte noch immer zum Himmel hoch und sagte: »Hm, da hat sicher jemand die Schallmauer durchbrochen.«
Er machte die Tür zu.
Wenn das in Flint passiert wäre, hätte ich ja versucht herauszufinden, was da passiert war, aber diese schreckliche Sonne hatte alle Neugier in mir verdampfen lassen.
Ich lehnte mich wieder an den Baum und machte die Augen zu. Ich weiß nicht, ob ich eingeschlafen war oder nicht, aber als Momma aufschrie, fuhr ich fast bis zum Magnolienwipfel hoch. Ich hatte Momma noch nie so schrecklich schreien hören. Ich hatte dasselbe Gefühl wie damals, als ich eine Stricknadel in eine Steckdose gebohrt hatte.
Ich rannte zur Tür und ins Haus, und By hätte mich fast umgerannt, als er zurück zum Schlafzimmer stürzte.
»Was ist mit Momma passiert?« fragte ich.
Ich sah im Wohnzimmer nach, aber da waren Momma und

Dad nicht. Ich rannte ins Schlafzimmer zurück, wo Byron mit seinen Jeans kämpfte.
»By! Was ist passiert?«
Er zog die Hose hoch und sagte: »Eben war ein Typ da und hat gesagt, daß jemand eine Bombe in Joeys Kirche geworfen hat.« Und weg war er, er stürzte aus dem Haus und versuchte seinen Reißverschluß hochzuziehen, als er über die Veranda rannte.
Manchmal fragte ich mich, ob mit mir wirklich alles in Ordnung war. Byron hatte mir doch gerade erzählt, daß irgendwer eine Bombe in Joeys Kirche geworfen hatte, oder nicht? Und wenn das stimmte, warum stand ich dann so dumm hier herum? Wenn das stimmte, warum überlegte ich mir dann nur, wieviel Ärger By kriegen würde, wenn die anderen gehört hatten, wie laut er mit der Tür geknallt hatte, und fragte mich, warum er ohne Schuhe losgewetzt war? Seine Socken würden im Dreck von Alabama keine zwei Minuten überleben.
Ich rannte auf die Veranda und auf die Straße. Dort sah es aus, als ob jemand einen Magneten für Menschen ausgepackt hätte, ganz Birmingham schien die Straße entlang zu rennen, ein Fluß von verängstigten braunen Körpern schien in dieselbe Richtung gezogen zu werden wie By, und ich lief hinterher.

Ich nehme an, meine Ohren konnten das einfach nicht ertragen, und deshalb hörten sie nicht mehr zu. Ich konnte überall sehen, wie die Leute ihren Mund bewegten, als ob sie schrien und zeigten und brüllten, aber ich hörte nichts. Ich sah, wie Momma und Dad und Byron sich aneinander anklammerten, alle drei sahen aus wie verrückt, und sie versuchten sich gegenseitig von den Steinen wegzuhalten, die vor der Kirche lagen. Momma war dermaßen außer sich, daß sie sogar vergaß, die Lücke zwischen ihren Zähnen zu verstecken. Ich konnte sie nicht hören, aber ich wette eine Million Dollar, daß sie immer wieder wie bescheuert »warum?« rief. Und Dads Mund schien »Joetta!« zu schreien.

Ich war ein bißchen überrascht, als kein Erwachsener mich daran hinderte, die Kirche zu betreten.

Ich hatte die Stelle erreicht, wo die Tür gewesen war, als ein Mann mit einem kleinen Mädchen in den Armen herauskam. Er trug das gleiche wie Dad, ein T-Shirt und eine Schlafanzughose, aber er sah aus wie mit roter, roter Farbe angemalt. Das kleine Mädchen hatte ein blaues Kleid und blaue Spitzensöckchen und schwarze Lackschuhe an.

Ich blickte in die Kirche und sah Staub und Rauch herumwirbeln wie bei einem Tornado. Unter der Decke hing noch eine Lampe an einem Kabel, flackerte und pendelte hin und her, und ab und zu konnte ich auch etwas sehen. Ich sah ein paar verloren aussehende Erwachsene, die versuchten Dinge aufzuheben, dann wurden sie wieder vom Rauch verhüllt, die Glühbirne erlosch, und sie waren verschwunden. Ich konnte überall Bibeln und Malbücher herumliegen sehen, dann schob sich wieder der Rauch dazwischen. Ich konnte einen schwarzen Lackschuh sehen, der halb von einem Stück Beton verborgen war, dann schob sich der Rauch dazwischen, und die Lampe ging wieder aus.

Ich bückte mich, um den Schuh unter dem Beton hervorzuziehen, und ich riß und zerrte daran, aber irgend etwas schien ihn festzuhalten.

Mir sträubten sich die Haare. Das Licht ging wieder an, der Rauch verzog sich, und ich konnte sehen, daß eine riesige graue Hand mit kalten, harten kantigen Fingern den Schuh festhielt.

Ach, ach. Ich blickte hoch und sah einen Bekannten, und ehe der Rauch ihn verdeckte, sah er mich an, und ich sah, daß er breite, kantige Schultern hatte und nichts dort, wo sein Gesicht hätte sein müssen. Der Wasserpudel.

O Mensch! Ich zerrte noch einmal an dem Schuh, und er löste sich von einer weißen Spitzensocke. Ich hatte wirklich Angst. Ich ging so langsam und ruhig, wie ich nur konnte, aus der Kirche. Vielleicht würde er mir nichts tun, wenn ich mich ruhig bewegte. Vielleicht würde er mich in Ruhe lassen, wenn ich einfach losging und mich nicht umschaute. Ich ging an den Erwachsenen vorbei, die noch immer schrien und auf die Kirche zeigten, ich ging an der Stelle vorbei, wo der Mann das kleine Mädchen in Blau neben ein kleines Mädchen in Rot gelegt hatte, Ich wußte, wenn Joey sich dazusetzte, dann würden ihre Kleider das Blau-Weiß-Rot der US-Flagge darstellen. Erwachsene knieten neben ihnen, und die Hände der Erwachsenen wollten zu den kleinen Mädchen, hoben sich aber rasch wieder, ehe sie irgendwas berührt hatten. Ihre Hände sahen wie eine kleine Schar von braunen Spatzen aus, die sich nicht zu landen trauten. Ich ging an Leuten vorbei, die weinend und zitternd auf dem Rasen lagen. Ich ging an Leuten vorbei, die sich gegenseitig umarmten und die bebten, ich ging an Leuten vorbei, die Bäume und Telefonmasten umarmten, die Angst zu haben schienen, sie könnten losfliegen, wenn sie die losließen. Ich ging an einer Million Leuten mit weit aufgerissenen Mündern vorbei, aus denen kein Laut zu hören war. Ich sah mich nicht um und ging so schnell wie möglich zurück zu Grandma Sands' Haus.

Ich hatte das Gefühl, die Vordertreppe hochzuschwimmen, dann machte ich ganz leise die Tür zu, zog meine Schuhe aus, ging aufs Zimmer und setzte mich aufs Bett. Ich hatte es noch nicht gemacht, und deshalb stand ich wieder auf, steckte das Laken fest und bauschte das Kissen auf, so, wie Momma das immer machte. Ich setzte mich wieder aufs Bett und starrte meine Hände an. Auch sie benahmen sich wie nervöse kleine Spatzen, deshalb klemmte ich sie zwischen meine Knie. Ich schob die Hand in meine Hosentasche und zog den Lack-

schuh heraus. Als ich und der Wasserpudel daran gezogen hatten, war der hintere Teil abgerissen. Meine Güte! Der Schuh war durchgerissen wie Papier! Das Bild des kleinen weißen Jungen mit der Mädchenfrisur und dem Hund war in zwei Teile gerissen worden. Nur der Hund war noch übrig, und er lächelte, als ob er gerade eine Katze gefressen hätte.
Ich versuchte mich zu erinnern, ob ich an diesem Morgen gemein zu Joey gewesen war. Ich glaubte, nicht. Ich hatte ihr nicht erzählt, wie sie Byron geholfen hatte, mir im Wasser das Leben zu retten. Das hätte ich wohl tun sollen.
»Wo warst du? Wieso bist du schon wieder hier? Wieso hast du dich umgezogen?« Meine Ohren wollten offenbar wieder funktionieren.
Ich blickte zur Tür hoch, wandte meinen Blick aber ab, als ich die weißen, weißen Spitzensöckchen vor meiner Tür auf dem Holzboden sah. Ich nahm an, daß der Wasserpudel mit Joey die letzten Besuche machte. Ich hatte Angst davor aufzublicken, ihr Gesicht zu sehen, ich wußte, daß ich um ihre Taille dann auch das Seil des Wasserpudels sehen müßte.
»Hallo, Joey!« Mehr fiel mir nicht ein.
»Wo sind Momma und Daddy?«
»Ach, die siehst du sicher als nächste. Er zeigt dir deine ganze Familie, ehe Schluß ist.«
Sie setzte sich neben mir aufs Bett. Ich wollte sie noch immer nicht ansehen. Ich ließ den Schuh fallen und hielt mit meinen Knien die herumflatternden Spatzen fest.
O Mensch! Das war vielleicht unheimlich! Ich hatte auf dem Rasen die beiden kleinen Mädchen im roten und im blauen Kleid gesehen, und ich wollte nicht auch noch meine kleine Schwester so sehen müssen.
»Was ist denn los mit dir, Kenny? Wieso siehst du so komisch aus?«
»Ich hätte mich bei dir wohl dafür bedanken sollen, daß du

mir das Leben gerettet hast, oder? Was meinst du: Ist es jetzt zu spät dafür?«
Joey schwieg eine Sekunde lang, dann stand sie vom Bett auf. »Wieso benimmst du dich so komisch? Wo sind Mommy und Daddy? Was hast du da fallen lassen? Was versuchst du zu verstecken?«
Sie hob den Schuh vom Boden hoch.
»O Kenny? Wem gehört dieser Schuh? Und was hast du damit gemacht?«
»Der gehört dir, Joey, ich hab ihn vom Wasserpudel.«
»Versuch lieber nicht, mir angst zu machen, Kenny, sonst sag ich's Momma. Wenn das wirklich mein Schuh ist, dann kriegst du ziemlichen Ärger, Kumpel.«
Joey ging aus dem Zimmer, aber ich konnte sie noch immer nicht ansehen. Der Wasserpudel zog-*swisch*-zerrte sie weg.
»Joey!«
Eine Sekunde später stand sie wieder in meinem Zimmer.
»Was?« Sie hörte sich richtig richtig fies an.
Ich blickte nicht auf. Ich starrte meine Hände an. »Ich liebe dich.«
Wop! Das zerrissene schwarze Lackschuh traf mich voll in die Brust. »Wem gehört dieser Schuh?«
Endlich blickte ich auf, um zu sehen, wie Joey wohl aussah. Sie hatte kein Seil um die Taille, und niemand mit kantigen Zehen war in der Nähe. Aber was mich wirklich überraschte, war, daß Joey ihre beiden schwarzen Lackschuhe in der Hand hielt. Sie hatte sie vor der Haustür ausgezogen.
»Kenneth Bernard Watson, jetzt sagst du mir, was hier los ist, sonst sag ich's Momma. Ich spiel hier nicht mit dir!« Joey ahmte Momma dermaßen nach, daß sie nicht »Bernard« sagte, sondern »Böh-nat.«
»Joey, warst du nicht in der Sonntagsschule?«
»Doch, das weißt du doch.«

»Weißt du nicht, was passiert ist?«
Joey setzte sich wieder neben mich. »Kenneth, das ist kein Spiel, warum benimmst du dich so komisch?« Das sagte sie mit richtig erstickter Stimme.
»Warum bist du nicht mehr in der Kirche?«
»Da war es so heiß, daß ich rausgegangen bin, und dann hab ich dich gesehen.«
»Du hast mich gesehen? Wo?«
»Kenny, hör bitte mit diesem Unfug auf. Du weißt doch, daß du mir quer über die Straße hinweg zugewunken hast, du weißt, daß du gelacht hast und vor mir hergelaufen bist, als ich zu dir wollte, du weißt, daß ich durch die ganze Straße hinter dir hergerannt bin!« Joey verzog das Gesicht. »Aber du hattest andere Kleider an.« Ihre Stimme wurde immer schriller, und am Ende hörte sie sich wirklich verrückt an.
»Joey, ich ...«
»Das reicht. Das reicht jetzt wirklich, Mister. Du weißt wirklich nicht, wann du mit den Albernheiten aufhören solltest, was? Das reicht, ich sag's jetzt Mommy!«
Joey sprang auf, rannte die Treppe rauf und schrie: »Mommy! Mommy! Mommy!«
Ich konnte oben Grandma Sands hören, und schließlich trampelte sie die Treppe herunter und kam in mein Zimmer. Joey hing ihr am Arm und schrie noch immer.
Grandma Sands hatte offenbar ganz dünnes Blut, denn obwohl es im Haus heiß war wie in einem Heizkessel, trug sie ein dickes langes Nachthemd und einen dicken langen Morgenrock. Eine Sekunde nach ihr strömte auch der Geruch von Babypuder ins Zimmer.
»Wieso um Himmels willen macht ihr so früh am Morgen schon so einen Höllenlärm? Joetta, Süße, sei jetzt endlich still. Kenny, was ist in dieses Kind gefahren?«
Schließlich sagte Joetta: »Der versucht mir angst zu machen,

Grandma Sands, der will mir nicht sagen, wo Mommy ist.«
Und dabei heulte Joey wie bescheuert.
»Kenneth, wo sind Wilona und Daniel?« Grandma Sands
zerrte Joey von ihren Beinen weg, nahm sie bei den Schultern
und schüttelte sie ein bißchen. »Joetta, sei jetzt still! Grandma
Sands kann so früh am Morgen nicht solchen Lärm vertragen,
Herzchen.«
Und mir ging ein Licht auf. Der Wasserpudel hatte Joey nicht
geholt! Er hatte bei den komischen Watsons nun mal kein
Glück! Ich mußte zur Kirche laufen und Momma und Dad
und Byron holen!
Grandma Sands fragte. »Was sollen die vielen Sirenen? Herrgott, ist heute denn die ganze Welt verrückt? Und wo stecken eure Eltern?«
Als letztes hörte ich Grandma Sands noch schreien: »Junge, wenn du noch einmal so mit der Tür knallst ...« Ich blickte zu Boden und sah meine Socken durch den Dreck von Alabama jagen.

Die weltberühmte Tierklinik der Watsons

Momma und Dad wußten nicht, daß ich im Wohnzimmer saß. Wir waren schon seit ein paar Wochen wieder in Flint, und sie sprachen noch immer über das, was passiert war, nur sprachen sie nie mit uns darüber. Ich wußte nur, daß kein Flugzeug die Bombe über der Kirche abgeworfen hatte. Grandma Sands rief einige Male an und erzählte, daß die Polizei glaubte, zwei weiße Männer hätten die Bombe von einem Auto aus während des Gottesdienstes in die Kirche geworfen, oder sie hätten sie vorher in der Kirche versteckt und den Zeitzünder auf die Sonntagsschule eingestellt. Und egal, wie die Bombe in die Kirche geraten war, sie hatte vier kleine Mädchen getötet, ein paar andere blind gemacht und jede Menge Leute ins Krankenhaus geschickt. Ich fragte mich immer wieder, ob es den beiden kleinen Mädchen, die ich auf dem Rasen gesehen hatte, wohl gutging.
Aus meinem Versteck im Wohnzimmer heraus konnte ich Momma und Dad belauschen, und sie schienen die ganze Zeit zu überlegen, wie sie uns erklären konnten, was passiert war. Manchmal waren sie wütend, manchmal waren sie ruhig, und manchmal saßen sie einfach auf dem Sofa und weinten.
Obwohl keines von uns Kindern von der Bombe verletzt worden war, schienen sie sich Sorgen um uns zu machen. Sie machten sich keine großen Sorgen über Byron und überhaupt keine über Joey; wir hatten verabredet, ihr nicht zu erzählen,

was in der Kirche passiert war, und wir hatten noch am selben Abend Birmingham verlassen, ehe sie es von anderen hören konnte. Ich war ziemlich überrascht, denn so, wie Momma und Dad redeten, war klar, daß sie sich meinetwegen die größten Sorgen machten.

Sie kamen aus der Küche und setzten sich aufs Sofa. Ich wußte, daß sie wieder über mich gesprochen hatten. Momma sagte:
»Er verschwindet immer wieder, Daniel. Manchmal weiß ich stundenlang nicht, wo er steckt.«
»Und was sagt er, wenn du ihn danach fragst?«
»Er sagt, er sei nirgendwo gewesen und ich solle mir keine Sorgen machen. Das ist so seltsam, ich ruf ihn, und er ist nirgendwo zu finden, und ein paar Minuten später taucht er plötzlich auf.«
»Weiß Byron nicht, wo er sich versteckt?«
»Er sagt, nein.«
»Er ist wirklich sehr still.«
»Irgendwas stimmt hier nicht. Ich frag mich, ob Mr. Roberts Freund recht gehabt haben kann. Ob er Kenny wirklich danach noch in der Kirche gesehen hat. Gott, wer weiß denn, was der arme Kleine gesehen hat!«
»Wilona, er sagt, er ist von Grandma Sands nur weggelaufen, um uns zu sagen, daß Joey nicht verletzt war. Ich weiß nicht, was sollen wir tun?«
»Aber Joey schwört, daß sie ihm von dort gefolgt ist, und du weißt doch, dieses Kind würde lieber sterben als eine Lüge erzählen. Ich möcht einfach wissen, wo er sich versteckt. Und warum.«

Ich verschwand wirklich immer wieder, aber Momma hätte sich keine Sorgen zu machen brauchen. Ich ging nirgendwo hin. Ich setzte mich einfach nur jeden Tag eine Weile hinters Sofa. Zwischen Sofa und Wand war gerade soviel Platz, daß ich mich dazwischenquetschen und als kleiner Ball dort sitzen konnte. Es war ruhig und dunkel und still dort hinter dem Sofa.

Byron nannte diese Stelle »die weltberühmte Tierklinik der Watsons«, und er redete mir und Joey ein, daß dort magische Mächte, Geister und Engel lebten. Ich wollte wissen, ob das stimmte.

Er hatte die Stelle die weltberühmte Tierklinik der Watsons getauft, als wir beobachtet hatten, daß unsere Hunde und Katzen automatisch dorthin krochen, wenn was mit ihnen nicht stimmte, um dort abzuwarten, ob sich die Lage wieder besserte.

Da Momma und Dad uns gesagt hatten, daß ein Tierarzt bei jedem Besuch an die tausend Dollar kassiert, wußten unsere Tiere, daß sie keinen Tierarzt zu sehen bekommen würden und daß sie höchstens hinters Sofa kriechen und hoffen konnten, dort mit den magischen Mächten ins Geschäft zu kommen.

Wenn einer von unseren Hunden von einem Auto angefahren wurde und sich noch wegschleppen konnte, oder wenn einer ein Stromkabel durchnagte oder von zu Hause weglief und einige Wochen später halbverhungert wieder aufkreuzte oder so, dann verkroch er sich sofort hinter dem Sofa. Wenn eine von unseren Katzen von einem Hund verprügelt wurde oder ekelhaften Kram auskotzte oder von einem Baum fiel oder so, dann wutschte sie sofort in die weltberühmte Tierklinik der Watsons.

Wenn eins von unseren Tieren verletzt war, dann wachte ich am nächsten Morgen auf, rannte ins Wohnzimmer, stieg auf die Rückenlehne des Sofas und sah nach, wie es ihm wohl ging. Wenn ich hinunterschaute und der Hund mit traurigen Augen zu mir hochblickte und einige Male den Schwanz peitschen ließ, ehe er den Kopf senkte, oder wenn die Katze mich ansah und anfauchte, dann wußte ich, daß sie ihre erste Nacht überlebt hatten und daß die magischen Mächte sie wahrscheinlich am Leben lassen würden. Wenn ich ein zerknülltes gelbes

Handtuch an der Stelle liegen sah, wo vorher Hund oder Katze gelegen hatten, dann wußte ich, daß Momma uns bald erzählen würde, daß Sooty oder Fluffy oder Scamp oder Lady oder wer immer der Patient war, Pech gehabt hatte und von nun an glücklich im Hunde- oder Katzenhimmel herumspringen würde. Aber ich wußte es besser. Ich wußte, daß das einfach Müll war, ich wußte, daß die magischen Mächte beschlossen hatten, das Tier nicht leben zu lassen, und daß Dad die Leiche weggebracht hatte, als wir noch schliefen.

Es war schon seltsam, denn was immer hinter dem Sofa war, mit Hunden konnte es am besten umgehen. Alle Hunde, die in der weltberühmten Tierklinik der Watsons überlebten, kamen immer sehr viel freundlicher wieder zum Vorschein. Wenn sie herauskamen, hatten sie vielleicht einen komischen Gang, aber sie schienen uns nur noch ablecken und überall hinter uns herwackeln zu wollen. Blackie war zweimal im Krankenhaus gewesen, und er vertrug sich seither mit allen hervorragend, sogar mit Fremden. Sogar mit Katzen.

Mit Katzen war die Sache aber anders; wenn eine von denen das Krankenhaus überlebte, dann starrte sie uns scheel an und war noch fieser als vorher. Die meisten Katzen, die die weltberühmte Tierklinik besucht hatten, ließen sich nur noch von Joetta anfassen, aber das war schon in Ordnung, weil meistens ohnehin nur Joetta Lust hatte, diese blöden Viecher anzurühren.

Ich wartete ab, ob die magischen Mächte mich wie einen Hund oder wie eine Katze behandeln würden oder ob Byron und Joey eines Morgens nach dem Aufwachen dort, wo ich sein sollte, ein zerdrücktes gelbes Handtuch finden würden.

Das einzige Problem war, daß sich die magischen Mächte offenbar ganz schön lange überlegten, was aus mir werden sollte. Vielleicht war ich einfach nicht oft genug bei ihnen. Momma versuchte mich zu zwingen, mehr mit Rufus zu unternehmen, aber der schien sich während unserer Abwesenheit verändert zu haben, und es machte keinen so großen Spaß mehr, mit ihm zusammenzusein. Cody und er freuten sich schrecklich, als ich ihnen den Kissenbezug mit den Dinosauriern gab. Ich war jetzt zu alt, um mich mit Spielzeug zu beschäftigen. Momma zwang sogar Byron dazu, mich mitzunehmen, wenn er und Buphead Basketball spielen gingen, aber man brauchte nicht Einstein zu heißen, um sich auszurechnen, daß die großen Jungs nur mit mir spielten, weil Byron ihnen gedroht hatte, als ich ihnen gerade den Rücken kehrte. Aber was mich vor allem nervte, war, daß Momma mich zwingen wollte, mit Joetta zu spielen.

Mir war nie aufgefallen, was sie für eine kleine Heulsuse und Petze war. Man brauchte sich nur umzudrehen, und schon drohte sie, einen zu verpfeifen, quengelte oder war ganz einfach der komplette Nervbolzen. Um mich zu rächen, schaute ich sie schließlich nicht mal mehr an. Ich konnte sie einfach nicht mehr ausstehen.

Am liebsten hätte ich die weltberühmte Tierklinik der Watsons nur verlassen, um zu essen und auf die Toilette zu gehen. Ich ging sogar hin, wenn Momma und Dad abends schlafen gegangen waren. Ich fing an, dort zu schlafen.

Ich verbrachte schließlich soviel Zeit dort, daß Byron endlich herausfand, wo ich steckte. Eines Tages blickte ich nach oben, und seine Augäpfel glotzten auf mich herab.

»Hallo, By.«

»Na, Kenny! Hier treibst du dich also rum, was?«

»Wirst du mich verraten?«

»Mensch, hast du mich je als Petze erlebt?«

»Nie.«

»Genau.« Er glotzte mich einfach weiter an. »Soll ich dir was zu essen holen?«

»M-hm.«

Byron ging zum Fernseher, schaltete ihn ein, dann schaute er wieder hinters Sofa. »Möchtest du eine Runde fernsehen?«
»M-hm.«
Sein Kopf verschwand, und er sah sich *Bat Fink* an.
Als die Sendung zu Ende war, tauchte sein Kopf wieder auf.
»Ich geh jetzt Basketball spielen, kommst du mit?«
»Ich komm gleich nach.«
By schien mir nicht zu glauben. »Spitze. Bis dann.«
Obwohl Byron nicht als Petze bekannt war, hatte ich das Gefühl, daß er mich verraten hatte. Wenn sie sich aufs Sofa setzten, sprachen Momma und Dad nicht mehr so miteinander, als ob sie allein wären, sondern sie überlegten sich genau, was sie sagten. Sie redeten davon, wie stolz sie auf mich seien, was ich für ein netter Junge sei und solchen Müll, und es hörte sich so an, als ob sie das eingeübt hätten. Ich hörte einfach weg, wenn sie so loslegten. Momma fragte mich auch nicht mehr, wohin ich ginge. Und endgültig wußte ich, daß ich erledigt war, als jeden Morgen Joettas petzlustiges kleines Gesicht über dem Sofa erschien.
Byron schlief jetzt nachts sogar auf dem Sofa. Wenn Momma und Dad ins Bett gegangen waren und ich dorthin zurückkroch, erschien er mit seinem Kissen und seiner Decke.
»Nacht, Kenny.«
»Nacht, By.«
Jeden Morgen, wenn ich aufwachte, starrte Byron auf mich herab. Er weckte mich, indem er mir auf den Kopf tippte.
»Hallo, Kenny.«
»Hi, By.«
»Schon gegessen?«
»M-hm.«
»Na los.«
Ich kroch hinter dem Sofa hervor und ließ mir von Byron

Cornflakes und Milch servieren. Nach dem Essen sagte ich: »Danke.«
»Wart mal, willst du den Schlafanzug nicht ausziehen?«
»Ach ja.«
Ich zog mich um und verschwand wieder hinter dem Sofa. Darauf saß schon By.
»Wart doch mal, Kenny. Sieh dir erst mal ein paar Comics mit mir an.«
»Alles klar, gleich.«
Byron packte mich am Arm, ehe ich hinters Sofa kriechen konnte. »Nichts da, Mann, wenigstens *Felix der Kater* mußt du mitkriegen.«
»Okay.«
Ich setzte mich neben ihn aufs Sofa. Als *Felix* zu Ende war, dachte ich, daß By mich zwingen würde, mir noch mehr Comics anzusehen, aber das tat er nicht, ich durfte mich wieder verkriechen.
»Ich schau später mal bei dir rein, Kenny.«
»Alles klar, By.«
Weil Byron inzwischen soviel Zeit auf dem Sofa verbrachte, dachte ich schon, ich würde in der weltberühmten Tierklinik der Watsons auch für ihn noch Platz machen müssen. Immer, wenn ich hochblickte, saß er da, und wir mußten essen gehen oder fernsehen oder bei Mitchell irgendwas einkaufen oder uns umziehen oder sonst irgendwas.
Eines Tages erschien sein Kopf über der Sofakante, und er sagte: »Na los! Ich muß dir was zeigen!« Ich wußte, daß ich gehorchen mußte, denn sonst hätte er mich an den Beinen hinter dem Sofa vorgezogen.
Ich folgte Byron nach oben ins Badezimmer, und er stellte sich vors Waschbecken und blickte in den Spiegel. Er verdrehte sein Gesicht, um sich unters Kinn schauen zu können, dann betastete er sich dort mit Daumen und Zeigefinger. Er lächelte

und nahm dann ganz langsam Daumen und Zeigefinger wieder weg. »Sieh dir das mal an, Mann!«
Ich blickte ganz genau hin, und aus Byrons Kinn wuchs ein langes, langes, dünnes schwarzes Haar. Er streichelte es, als wäre es eine Million Dollar wert.
»Und daneben kommt schon ein zweites!«
Und sofort dachte ich an meinen Schnurrbart. Ich hatte ihn mir schon lange nicht mehr angesehen und glaubte, er müsse jetzt schon ziemlich lang sein.
Ich stieg auf die Toilette und beugte mich über das Waschbecken.
Vielleicht lag es daran, daß ich so lange nicht mehr in den Spiegel geblickt hatte, aber als ich mich sah, mit meinem noch immer faulen faulen Auge und meinem traurigen Gesicht, kniff ich die Augen zu und heulte los. Ich fiel sogar vom Klo. Byron fing mich auf und setzte mich auf den Boden.
Er wußte, daß das hier echt peinlich war, und deshalb machte er die Badezimmertür zu, setzte sich auf den Badewannenrand und wartete, daß ich mit Weinen aufhörte, aber das schaffte ich nicht. Ich kam mir vor, als ob jemand bei mir einen Stöpsel herausgezogen hätte und als ob jede Träne aus mir herauswollte, und wenn es irgendwo einen Waldbrand gäbe, dann brauchte Smokey der Bär mich nur mit dem Kopf nach unten darüberzuhalten, und das Feuer hätte keine Chance mehr.
Byron setzte sich neben mich auf den Boden und nahm meinen Kopf auf den Schoß. Ich konnte noch immer nicht aufhören, obwohl ich ihn schlimmer naß machte als selbst Joey jemals irgendwen besabbert hatte.
Es war wirklich peinlich. »Tut mir leid, By.«
»Halt die Klappe und heul weiter, wenn du willst.«
Das hörte sich an wie eine wirklich gute Idee, und deshalb tat ich es auch. Ich glaube, ich habe zweihundert Stunden lang weitergeheult.

»Warum haben sie das getan, Byron?« Ich hörte mich wirklich elend an. Irgendwas hüpfte in meinem Hals herum und machte komische Geräusche. »Wie können sie kleinen Kindern so was antun?«
Er antwortete erst nach langer Zeit. »Ich weiß es nicht, Kenny. Momma und Dad sagen, sie können sich nicht helfen, sie haben es gemacht, weil sie krank sind, aber ich weiß nicht so recht. Ich hab noch nie von einer Krankheit gehört, die dich dazu bringt, kleine Mädchen zu ermorden, bloß, weil du sie nicht in deiner Schule haben willst. Ich glaub, die sind überhaupt nicht krank, ich glaub, die lassen sich einfach vom Haß verzehren und in Monster verwandeln. Aber das ist jetzt okay, hier können sie dir nichts tun. Das ist schon in Ordnung.«
Mein Adamsapfel schien in meinem Hals platzen zu wollen, aber ich sagte: »Ich war in der Kirche, By. Ich hab gesehen, was passiert ist. Ich hab zwei von diesen kleinen Mädchen gesehen. Und ich dachte, sie hätten auch Joey umgebracht.«
»Das dachten wir doch alle, Kenny. Es ist auch völlig in Ordnung, deshalb traurig zu sein oder Angst zu haben. Ich bin deshalb auch traurig. Ich hatte auch schreckliche Angst…«
»Aber…«
»Mensch, hier tut dir doch keiner was, Kenny!«
»Aber By…« Ich wußte nicht, wie ich das sagen sollte. »Ich hab keine Angst, ich schäm mich einfach so schrecklich.« Und das stimmte. Das war meine Haupterkenntnis aus meiner Zeit als Patient in der weltberühmten Tierklinik der Watsons.
»Kenny, du hast doch keinen Grund, dich zu schämen.«
»Aber du weißt nicht, was passiert ist, Byron. Du weißt nicht, was ich getan hab.«
»Mensch, alle haben geweint. Momma hat geweint, Dad hatte Angst – der hat auch geweint. Das war alles verdammt unheimlich. Das war alles verdammt traurig.«
Er begriff noch immer nicht. »Byron, ich hab Joey im Stich

gelassen. Ich dachte, der Wasserpudel wollte sie holen, und statt mit ihm zu kämpfen, so wie du, bin ich weggelaufen. Wieso hattest du den Mut, mit ihm zu kämpfen, und ich konnte nur wegrennen? Ich konnte nur einen Schuh retten, einen blöden zerrissenen Schuh.«

»Oooo Mann, komm bloß nicht wieder mit diesem blöden Wasserpudel, ja? Ich hab dir doch gesagt, daß das mit dem Wasserpudel einfach Müll ist. Ich hab dir gesagt, daß ich im Wasser nur mit deinem blöden kleinen Hintern kämpfen mußte, außer dir und mir war da niemand.«

»Das glaubst du, By, aber ich weiß das besser. Ich hab ihn zweimal gesehen.« Ich konnte nicht glauben, daß Byron noch immer mit mir sprach. Wenn ich sonst anfing, zu jammern und zu quengeln, machte er sich sofort davon.

»Hör mal, Kenny, wenn du nicht aufhörst, diesen Unsinn über den Wasserpudel zu erzählen, dann kannst du allein hier weiterflennen. Wasserpudel gibt's nicht.« Dann hörte er sich nicht mehr so fies an, als er sagte: »Und magische Mächte gibt's auch nicht.« Es überraschte mich, daß er die magischen Mächte erwähnte. »Meinst du vielleicht, ich weiß nicht, warum du hinter dem Sofa herumlungerst?« Er packte mich am Ohr und zog an meinem Kopf, bis ich ihn ansah. »Meinst du, ich weiß nicht, daß du auf blöde magische Mächte oder Engel wartest, die dir helfen können? Merk dir eins: Du kannst für den Rest deines Lebens hinter diesem Sofa sitzen, und keine magische Macht wird antanzen und dir irgendwie helfen. Das einzige, was dir dahinten passieren wird, ist, daß du nicht mehr weiterwächst, weil du dich den ganzen Tag zu einem kleinen Ball zusammenrollst.« Er zog noch einmal an meinem Ohr, damit ich ihm auch ja zuhörte. »Wenn du soviel Zeit damit verbracht hast, dir den Kopf darüber zu zerbrechen, warum du Joey nicht gerettet hast und warum sie nicht in der Kirche war – warum denkst du jetzt nicht erst mal darüber nach, wer sie da weggeholt hat?«

»Aber ich war das doch nicht, Byron, ich hab nie ...«

»Mann, halt die Klappe und hör zu.« Er verdrehte mein Ohr, um mich zum Schweigen zu bringen.

»Auf dieser Welt gibt's keine Geister, Kenny, es gibt keine magischen Mächte, es gibt nicht mal Engel, jedenfalls nicht in dieser Gegend. Mann, ich kapier das nicht, du bist doch angeblich der Clevere von uns beiden. Wie kannst du den Blödsinn glauben, daß magische Mächte und Geister hinter einem Sofa leben, wenn du nicht glaubst, daß du Joetta aus der Kirche geholt hast?«

Byron warf mir jetzt lauter schräge Bälle zu. »Wenn du nicht geboren worden wärst, wer hätte sie dann vor der Bombe gerettet? Keiner. Wenn du nicht geboren worden wärst und sie aus der Kirche gekommen wäre und irgendein Fremder ihr von der anderen Straßenseite her zugewunken hätte, wäre sie dem dann gefolgt? Ach was! Sie wäre gleich wieder reingegangen. Wenn du nicht geboren worden wärst, wer wäre in die Kirche gegangen, um Joey zu suchen? Momma und Dad und ich hatten zuviel Angst, du hattest als einziger Mut genug, um da reinzugehen.« Und bei jedem Satz verdrehte er mein Ohr, damit ich ihn besser verstand.

»Aber Byron, das ist einfach nicht fair. Was ist mit den anderen Kindern, die hatten doch Brüder und Schwestern und Mommas und Daddys, die sie genauso geliebt haben wie wir Joey lieben, wieso hat die denn niemand aus der Kirche geholt? Ist das denn fair? Wieso haben ihre Verwandten sie nicht gewarnt?«

Byron ließ mein Ohr los und dachte kurz nach. »Kenny, das Leben wird niemals fair sein. Wieso ist es fair, daß zwei erwachsene Männer Schwarze so sehr hassen können, daß sie Kinder umbringen, bloß, damit die nicht in die Schule kom-

men können? Und ist es vielleicht fair, daß die Bullen da unten offenbar wissen, wer es war, und daß diesen Männer trotzdem wahrscheinlich nichts passieren wird? Das ist nicht fair. Aber du mußt einfach einsehen, daß die Dinge nun mal so sind, und weitermachen.«
Byron ließ mich schniefen und mir mit der Hand über die Augen wischen, ehe er meinen Kopf wieder aufs Linoleum sinken ließ und aufstand. Er holte Toilettenpapier und wischte mir die Tränen aus dem Gesicht und sich selber den Rotz von der Hose. Dann ließ er ein paar Blätter Toilettenpapier über mir fallen und sagte, als sie auf mir gelandet waren: »Jetzt putz dir die Nase. Wasch dir das Gesicht. Du warst schon viel zu lange hinter dem Sofa. Jetzt muß Schluß mit dem Unfug sein, Momma und Dad glauben ja schon, daß dein kleiner Hintern ernsthaft ausgerastet ist. Heute wirst du aus der weltberühmten Tierklinik der Watsons entlassen. Und laß dich von mir nie mehr dahinten erwischen. Du hast keinen Grund, dich zu schämen oder Angst zu haben. Und du bist clever genug, um das selber einzusehen. Und außerdem, das sagt dir der Leitwolf persönlich: Das kommt schon in Ordnung, Bruderherz, das schwör ich bei Gott.«
Er ging zum Spiegel, verdrehte wieder sein Gesicht, bis er sein Kinn sehen konnte, dann zog er mit Daumen und Zeigefinger das lange, glänzende schwarze Haar glatt. Er ließ es los, lächelte sich zu und fuhr sich mit den Händen über den Kopf, als ob er sich damit kämmen wollte. »Meine Fresse«, sagte er, »ich wünschte wirklich, irgendwer würde mir mal erzählen, wer meine echten Eltern waren, es ist einfach unmöglich, daß zwei so häßliche Leute wie deine Momma und dein Daddy ein so schönes Kind wie mich gekriegt haben!«
Er warf sich im Spiegel eine Kußhand zu, dann verließ er das Badezimmer. Ehe er die Tür zumachte, sah ich, daß sich draußen Momma und Dad und Joey zusammendrängten und versuchten, mich nicht merken zu lassen, daß sie spionierten.

Momma flüsterte: »Was ist los, By? Warum hat Kenny so geweint, geht's ihm jetzt besser?«
Er sagte: »Mit Kenny ist alles spitze. Der ist schließlich mit mir verwandt, oder was?«
»Byron Watson, wie oft muß ich dir noch sagen, daß du nicht immer ›oder was‹ sagen sollst!«
Manchmal war Byron wirklich nicht zu durchschauen. In einigen Dingen hatte er absolut recht, bei anderen lag er total daneben. Er lag total daneben, wenn er behauptete, den Wasserpudel einfach nur erfunden zu haben. Wenn der ihn je am Knöchel gepackt hätte, dann wüßte er, daß es ihn gibt; wenn er gesehen hätte, wie er sich hingekauert hatte und durch Staub und Rauch der Kirche in Birmingham gekrochen war, dann wüßte er, daß das kein ausgedachter Unfug ist; wenn er jemals diese entsetzlichen Zehen gesehen hätte, dann wüßte er, daß der Wasserpudel so schlimm ist wie ein Herzanfall.
Und es stimmte auch nicht, daß es keine magischen Mächte oder Geister oder Engel gibt. Vielleicht sind sie nicht diejenigen, die einem überfahrenen Hund helfen können, wieder zu laufen und nicht zu wackeln, aber es gibt sie.
Vielleicht stecken sie in dem Lächeln, das dein Vater für dich hat, wenn du wirklich was ausgefressen hast. Vielleicht helfen sie dir, zu begreifen, daß deine Mutter nicht will, daß sich alle über dich schimmelig lachen, wenn sie vor deinen ganzen Freunden aufkreuzt, sich auf den Finger spuckt und dir den Schlaf aus den Augen wischt. Vielleicht sagen dir die magischen Mächte, daß sie eben nur Momma ist. Vielleicht sorgen sie dafür, daß es dir egal ist, wenn die anderen sagen: »Igitt! Läßt du dich von deiner Mutter besabbern?« und du antworten mußt: »Haltet die Klappe! Das ist meine Momma, wir haben dieselben Bakterien.«
Vielleicht stecken die Geister dahinter, wenn deine Schwester für dich eine blöde Teeparty gibt und du das lustig findest,

obwohl es peinlich ist, an einem kleinen Tisch zu sitzen und aus Plastiktassen Wasser zu trinken.
Vielleicht verstecken sich magische Mächte dahinter, daß dein älterer Bruder die allerschlimmsten Mistkerle aus der Gegend dazu bringt, mit dir Basketball zu spielen, obwohl du fast jeden Wurf verpatzt.
Und ich bin ganz sicher, daß in Birmingham ein Engel dabei war, als Grandma Sands ihre Ärmchen um alle komischen Watsons schlang und sagte: »Meine Familie, meine wunderbare wunderbare Familie.«
Ich stieg auf die Toilette, beugte mich übers Waschbecken und schaute in den Spiegel. Ich lächelte. Byron hatte manchmal auch sehr recht. Er hatte sehr recht, wenn er meinte, ich sei zu clever, um zu glauben, daß magische Mächte hinter einem Sofa wohnten. Er wußte auch, wovon er redete, wenn er sagte, daß bei mir alles in Ordnung kommen würde.
Joetta hämmerte gegen die Badezimmertür. »Kenny, Byron hat gesagt, daß es dir jetzt viel besser geht, und wenn das stimmt, dann komm raus, ich muß ganz dringend aufs Klo.«
Bei ihr hörte sich das »dringend« an, als ob es eine Million Buchstaben hätte.
Manchmal fragte ich mich, ob mit mir wirklich alles stimmte. Noch vor wenigen Minuten hatte ich wie ein Kindergartenbaby auf dem Boden geheult, und jetzt schaute ich lachend in den Spiegel. Ich putzte mir die Nase und spritzte mir ein bißchen Wasser ins Gesicht, weil ich nach draußen gehen wollte. Und ich mußte mir überlegen, wie ich Rufus und Cody zumindest die Hälfte meiner Dinosaurier wieder abluchsen konnte.
»Dann komm doch rein, Joey!«

Epilog

Als die Watsons auf ihre Reise gingen, entbrannte im Süden der USA der Kampf um grundlegende Menschenrechte, der später als Bürgerrechtsbewegung bekannt wurde. Obwohl es in der Unabhängigkeitserklärung heißt, daß alle Menschen gleich geschaffen sind, und obwohl nach dem Bürgerkrieg die Verfassung erweitert wurde, um die Rechte der Afroamerikaner zu sichern, konnten die Gesetzesänderungen nicht immer das Verhalten der Menschen ändern. In den nördlichen, östlichen und westlichen Staaten wurden Afroamerikaner zwar auch diskriminiert, aber die Diskriminierung war nicht so extrem und allgegenwärtig wie im Süden. Dort erließen Gemeinden und Staaten Gesetze, die Diskriminierung in der Schule, bei der Stellenvergabe und bei der Wohnungssuche erlaubten, die Heiraten zwischen den Rassen verboten und die die strikte Rassentrennung von Afroamerikanern und Weißen in der Öffentlichkeit durchsetzten.
Fast überall im Süden durften Afroamerikaner nicht dieselben Schulen wie Weiße besuchen oder dieselben Parks, Spielplätze, Schwimmbäder, Krankenhäuser, Trinkwasserbrunnen oder Toiletten benutzen. In Hotels, Restaurants und Geschäften wurden Afroamerikaner nicht bedient. Die schlechtestausgerüsteten öffentlichen Einrichtungen waren »nur für Farbige«. Weiße Kinder besuchten häufig große, gutbestückte, moderne Schulen, während die der Afroamerikaner nur

winzige Schulen und nicht genug Bücher oder Lehrer hatten. Manipulierte Gesetze und »Tests« sorgten dafür, daß Afroamerikaner bei Wahlen kein Stimmrecht besaßen.
Eine Anzahl von Organisationen und Einzelpersönlichkeiten setzten sich unermüdlich für die Beendigung von Rassentrennung und Diskriminierung ein: Die National Association for the Advancement of Colored People (NAACP, Nationaler Zusammenschluß zur Förderung von Farbigen), der Congress of Racial Equality (CORE, Kongreß für Rassengleichheit) und die Southern Christian Leadership Conference (SCLC, Christliche Führungskonferenz der Südstaaten) sowie Thurgood Marshall, John Lewis, Ralph Abernathy, Medgar Evers, Fannie Lou Hamer und Dr. Martin Luther King jr. Zusammen mit vielen anderen, deren Namen vergessen sind, kämpften diese Männer und Frauen, um durch gewaltlosen Widerstand die Gesetze zu ändern. Sie übernahmen vieles von der Technik, durch die Mahatma Gandhi Indien von der britischen Herrschaft befreit hatte. Sit-ins und Boykottaktionen von Geschäften und öffentlichen Verkehrsmitteln sorgten für ökonomischen Druck. »Freiheitsfahrer« – Afroamerikaner und Weiße – fuhren per Bus durch den Süden, um festzustellen, ob Bundesgesetze eingehalten würden, die Rassentrennung im öffentlichen Verkehr zwischen den Staaten verboten. Schwarze Studierende immatrikulierten sich an Schulen mit Rassentrennung wie der Central High in Little Rock, Arkansas oder der University of Alabama. Streikposten, Protestmärsche und Demonstrationen machten Schlagzeilen. Bürgerrechtsarbeiter führten Programme für Wählererziehung und Registrierung durch. Das Ziel aller Bestrebungen war es, Spannungen hervorzurufen und Konfrontationen zu provozieren, die die Bundesregierung zwingen würden, sich einzuschalten und für Durchführung der Gesetze zu sorgen. Oft schlugen sich diese Spannungen in

Schießereien, Brandstiftungen und Bombenaktionen nieder, durch die die Menschen getroffen wurden, die sich so tapfer für die Änderung der Verhältnisse einsetzten.

Die Personen und die Ereignisse in diesem Roman habe ich mir ausgedacht. Aber es gab in der Zeit, in der der Roman spielt, in Birmingham viele nie aufgeklärte Bombenanschläge. Einer davon fand am 15. September 1963 in der Baptisten-Kirche in der Sixteenth Avenue statt. Vier junge Mädchen – Addie Mae Collins, Denise McNair, Carole Robertson und Cynthia Wesley – kamen um, als während der Sonntagsschule eine Bombe hochging. Addie Mae Collins' Schwester Sarah verlor ein Auge, ein anderes Mädchen wurde blind. Während der auf dieses Attentat folgenden Unruhen kamen zwei weitere schwarze Kinder ums Leben. Der sechzehnjährige Johnny Robinson wurde von der Polizei erschossen, der dreizehnjährige Virgil Wade von zwei weißen Jungen ermordet. Obwohl sie für uns jetzt vielleicht nur Namen in einem Buch sind, dürfen wir nicht vergessen, daß diese Kinder für ihre Familien genauso wichtig waren wie Joetta für die Watsons oder wie Eure Geschwister für Euch.

Obwohl die Lage so gefährlich war, wuchs die Bürgerrechtsbewegung und fand überall im Land Unterstützung. Am 28. August 1963 zogen zweihunderttausend Menschen nach Washington, um den Kongreß zur Annahme der Bürgerrechtsgesetze zu bringen, und hörten Martin Luther King jr. seine unvergeßliche Rede »Ich habe einen Traum« halten. Präsident Lyndon B. Johnson unterschrieb am 2. Juli 1964 das Bürgerrechtsgesetz und am 6. August 1965 das Stimmrechtsgesetz. 1968 erließ der Kongreß das Gesetz für Gerechte Wohnbedingungen.

Die einzelnen Menschen, die die Bürgerrechtsbewegung unterstützten, setzten sich großer Gefahr aus, um Amerika zur Veränderung zu zwingen. Es war eine Bewegung der

Menschen, inspiriert durch das mutige Auftreten von normalen Bürgerinnen und Bürgern wie Rosa Parks, der Näherin, die die erste große Aktion der Bewegung eröffnete – den Busboykott in Montgomery in den Jahren 1955-56 –, als sie sich weigerte, ihren Platz einem Weißen zu überlassen.
Viele tapfere Menschen kamen im Kampf um Bürgerrechte ums Leben. Viele andere wurden verletzt, festgenommen oder verloren ihr Haus oder ihre Arbeit. Es ist fast unvorstellbar, sich den Mut der ersten schwarzen Kinder vorzustellen, die Schulen mit Rassentrennung betraten, oder die Stärke der Eltern, die ihnen erlaubten, sich dem Haß und der Gewalt zu stellen, die sie erwarteten. Sie handelten im Namen der Bewegung, im Kampf um die Freiheit.
Diese Menschen sind die wahren Heldinnen und Helden. Sie sind die Jungen und Mädchen, die Frauen und Männer, die sahen, was nicht richtig war, und die den Mut hatten, zu fragen: »Warum können wir das nicht ändern?« Sie sind die Menschen, die glauben, daß wir alle ungerecht behandelt werden, solange noch ein einziger Mensch ungerecht behandelt wird. Sie sind unsere Heldinnen und Helden, und sie sind noch immer unter uns. Vielleicht sitzen einige davon neben Dir, während Du dieses Buch liest, stehen im Nachbarzimmer und machen Essen für Dich oder warten draußen, um mit Dir zu spielen.
Und vielleicht gehörst Du ja selber dazu.

Danksagung

Der besondere Dank des Autors gilt: dem Avery Hopwood und Jules Hopwood Preis der Universität von Michigan; Ann Arbor für ihre sehr willkommene Unterstützung; dem Personal der Windsor Public Library, vor allem Terry Fisher für die anregende und hilfreiche Atmosphäre, in der ich schreiben konnte; Welwyn Wilton Katz für ihre wertvolle Hilfe; Wendy Lamb, deren Fähigkeiten als Lektorin ebenso groß sind wie ihre Geduld; Joan Curtis Taylor, die immer ein starkes Beispiel für Stärke und Hoffnung sein wird; Lynn Guest, deren Freundlichkeit und Mitgefühl unseren Glauben an die Menschheit wiederherstellen können; und vor allem meiner lieben Freundin Liz Yvette Torres (Betty), die vermutlich nicht einmal weiß, wieviel ihre Freundschaft, ihre Vorschläge und Überlegungen für mich bedeutet haben.

Besonderer Dank gilt auch meiner Tochter Cydney, bei der ich mich wie ein Held fühlen darf, wenn ich einfach nur von der Arbeit nach Hause komme, und Steven, der zweifellos der beste erste Leser, Kritiker und Sohn ist, den irgendein Autor sich nur wünschen könnte.

Schließlich geht ein Gruß an Stevland Morris aus Saginaw, Michigan, der mich so lebhaft und rührend daran erinnert hat, was es für ein Gefühl war, »mich aus der Hintertür zu schleichen, um mich mit meinen Flegeln von Freunden herumzutreiben.«

Über den Autor

Christopher Paul Curtis ist geboren und aufgewachsen in Flint, Michigan. Nach der High School arbeitete er zuerst am Fließband der Fisher Body Flint Fabrik Nr. 1 und besuchte die lokale Filiale der Universität von Michigan, wo er für seine Essays und für eine frühe Version von »The Watsons go to Birmingham – 1963« den Avery Hopwood und Jules Hopwood Preis erhielt. Er und seine Frau Kaysandra haben zwei Kinder, Steven und Cydney. Im Moment kämmen sie den Mittleren Westen und Kanada nach einem funktionierenden Ultra-Glide durch. Curtis arbeitet in Allen Park, Michigan. *The Watsons go to Birmingham – 1963* ist sein erster Roman.

Ebenfalls bei CARLSEN:

Gary Paulsen
Der Fluß
Aus dem Amerikanischen von
Thomas Lindquist
160 Seiten
Gebunden
ISBN 3-551-55117-0

Als aus dem »harmlosen« Überlebenstraining ein lebensgefährliches Abenteuer wird, sieht Brian nur einen Ausweg: Er muß ein Floß bauen und den Fluß hinunter. Von den reißenden Stromschnellen wenige Kilometer flußabwärts kann er nichts wissen...

CARLSEN

Ebenfalls bei CARLSEN:

Mahmut Baksi
Ich war ein Kind in Kurdistan
Aus dem Schwedischen
von Dagmar Mißfeldt
Mit Bildern von
Dieter Wiesmüller
80 Seiten
Gebunden
ISBN 3-551-55265-7

In leisen Tönen und deshalb um so ergreifender erzählt Mahmut Baksi die Geschichte einer Kindheit, die wie ein Gleichnis für das Schicksal seines Volkes ist.

CARLSEN

Ebenfalls bei CARLSEN:

Rabbi Marc Gellman/
Monsignor Thomas Hartman
Wie buchstabiert man Gott?
Die großen Fragen und
die Antworten der Religionen
Aus dem Englischen von
Andrea Kann und Manuela Olsson
224 Seiten
Gebunden
ISBN 3-551-58001-4

»Um Frieden zu erreichen, müssen wir die verschiedenen Religionen der Welt verstehen lernen. Ich bin deshalb sehr glücklich, daß dieses Buch geschrieben wurde.«
SEINE HEILIGKEIT DER DALAI LAMA

CARLSEN